AF610815

Nadia Diotallevi

Il RISVEGLIO DEL CUORE

Questo libro è dedicato ai miei figli
due anime meravigliose.
La loro luce illumina la mia via.
Mi hanno dato la forza
per andare avanti nella vita,
il coraggio per ritrovare me stessa.
Sono i miei più grandi amori.
I miei più grandi maestri.

Ci sono persone che appaiono nella nostra vita per caso, ci accompagnano per un periodo e poi se ne vanno.

Sono *messaggeri celesti* in missione speciale.

Mi piace pensarli come *anime compagne,* qualcuno le definisce *karmiche*, con le quali, prima di nascere qui sulla terra, ho preso un accordo.

Questo impegno preso è simile ad un contratto, nel quale ci sono obblighi e vantaggi per entrambi i contraenti.

L'obbligo è quello di sostenere l'Anima nei suoi momenti bui, quando la sua personalità umana è sofferente, bloccata a seguito di schemi e condizionamenti e non realizza il Piano Divino che è venuta a completare sulla terra.

Il vantaggio è sempre per entrambi, perché si ha l'opportunità di sciogliere i blocchi emozionali, mentali, schemi e condizionamenti della personalità con il conseguente aumento di forza interiore e autostima.

Le *anime compagne* sono molto simili, per questo hanno il potere di affascinare, attirare piacevolmente a sé la simpatia e le attenzioni dell'altro.

L'esperienza finisce quando la personalità si sblocca e riprende la sua dinamicità, ovvero riprende ad *agire*, usando la creatività e la vitalità ritrovata per tornare alla Vita.

La notte buia dell'Anima è passata,
il risveglio è avvenuto,
il contratto è andato a buon fine.
Ora è tempo di salutarsi
di riprendere il cammino,
di tornare sulla propria via.

Prefazione

Giulia è una donna ancora bella e giovanile per i suoi cinquanta anni. Il suo matrimonio è in crisi. Suo marito, Francesco, non comprende le sue insoddisfazioni, il suo desiderio di indipendenza, il voler gestire, in modo più creativo e appagante per lei, gli spazi vuoti lasciati dai figli, oramai grandi.

Francesco non accetta i suoi interessi che spesso la portano fuori di casa per ascoltare conferenze, frequentare corsi, riunirsi con le amiche. E' un mondo troppo lontano da lui, che lo spaventa; ed invece che cercare un dialogo, il suo carattere orgoglioso lo fa chiudere ancora di più in se stesso.

Così Giulia si sente sempre più sola e la sera, per riempire la sua solitudine, si collega ad internet e frequenta un forum. E qui, il destino, vuole che incontri Paolo, anche lui in crisi matrimoniale. Passano i giorni e, conoscendosi meglio, sentono il bisogno di scriversi sempre più frequentemente.

Hanno tante cose da dirsi.

Sono attratti dallo stesso modo di sentire, di esprimersi, così profondo, così vero: si capiscono. E dai loro cuori iniziano ad uscire parole mai dette, mai condivise, forse inconfessabili anche a se stessi.

Paolo con il suo fare maschio la stimola, la intriga, la turba fino a farla fuggire da questa relazione epistolare. Ma una sera Giulia sente il suo cuore battere di nuovo. L'armatura che la soffocava è caduta e lei è tornata a vivere.

È accaduto un miracolo: il risveglio del cuore.

Solo lui, Paolo, così fisicamente lontano ma umanamente vicino, un uomo venuto dal nulla tanto dolce e sensibile,poteva aiutare Giulia, così timida e riservata, a rinascere alla vita.

Ci vuole coraggio a parlare dei sentimenti, ci vuole coraggio a parlare dell'Amore, anche di quello più platonico. In queste pagine, dentro brevi messaggi, c'è il percorso coraggioso di Giulia.

Perché non è più tempo di mentire a se stessi.
È tempo di fare chiarezza nei propri sentimenti.
È tempo di verità.

UN PO' DI GIULIA

(Nick Name:Ciliegio)

Sono le 17 il suono improvviso del campanello di casa mi fa trasalire. *Chi sarà?* Guardo dalla portafinestra della cucina per vedere chi è al cancello del mio giardino. *"Santo Cielo!Annamaria è già arrivata!"*. Le apro subito il cancello e la portafinestra per farla entrare in casa.

"Giulia! Ma insomma! Ti devo aspettare sempre! Dai forza che andiamo. Lo vuoi capire che devi lasciare perdere la casa e pensare un po' di più a te stessa! Altrimenti "loro" ti succhiano tutte le tue energie. Poi dici di essere sempre stanca. Dai sbrigati, ti sei dimenticata che dobbiamo andare in libreria?".

Cara Annamaria, quanto ti voglio bene!

Ci eravamo rincontrate dopo venti anni, casualmente, sopra le fondamenta del nostro palazzo in costruzione, in una riunione con il costruttore. Era stata lei a riconoscermi.

"Giulia! Sei tu! Non ti ricordi? Sono Annamaria. Quando eravamo ragazze abitavo nel palazzo di fronte il tuo". Un lampo nella mente. "Sì.. sì mi ricordo!". E via un grande abbraccio. Da quel giorno non ci eravamo lasciate più.

Mi scuoto dai miei pensieri.

"Si arrivo, arrivo subito, sono quasi pronta". Un leggero ritocco al trucco, il rossetto che non manca mai, il mio tocco femminile. La lacca sui capelli ribelli.

"Sono pronta!".

"Giulia prendo la mia macchina così stiamo più fresche".

"Va bene. Che strano, siamo a metà Maggio ma è così caldo che sembra Agosto. Guarda il mare! Non si vede neanche l'orizzonte dall'afa che c'è".

Salgo sulla Pandina di Annamaria. Guai a parlare male della sua auto. Quasi un'amica per lei, come fosse questa a portarla a fare la spesa, al lavoro, in estate al mare o a casa delle amiche. "E poi, la mia è una macchina fresca; l'aria condizionata è assicurata dai finestrini che non si chiudono", dice sorridendo. Così poco dopo, via, partiamo.

Ci piace paragonarci a Thelma e Louise, non per le loro gesta, ma per quel senso di comunione di vissuti delle nostre esistenze. Arrivate in libreria andiamo subito nel settore che ci interessa.

"Guarda Annamaria c'è un libro sul Reiki!"

"Dai, fammi vedere".

Mi piace sfogliare i libri, leggere. Sono grandi messaggeri. Quando passo davanti ad una libreria sento come un richiamo ad entrare.

Il settore che più mi interessa è quello esoterico nonché quello della psicosomatica, per la mia crescita personale, per conoscere meglio me stessa, per conoscere il pensiero di quanti scrivono sulla presenza degli Angeli e quanti altri, esperti e studiosi sulla Medianità. Amo cercare in libreria i testi in cui si documentano quelli che si definiscono "messaggi Stellari" delle varie "entità di Luce".

A volte mi fermo davanti a pile di libri in attesa del loro richiamo, di una ispirazione, fino a che il mio sguardo viene attratto, catturato da un titolo in particolare.

Anche oggi un volume mi ha attratto in modo particolare. Lo prendo: Il richiamo dell'Anima Gemella. Mah! Se mi ha "chiamato" un motivo ci deve essere. Lo faccio vedere ad Annamaria che sorride divertita.

"Giulia! Giulia!".

"Dai andiamo alla cassa a pagare che si è fatto tardi". Due ore in libreria passano presto. Fosse per noi ci resteremmo ancora di più.

Ricordo che una volta abbiamo programmato di andare in una grande libreria di una località... non proprio vicino casa. La nostra avventura era iniziata la mattina presto. Eravamo partite di buon ora, come due brave complici, non avendo reso partecipe nessuno della nostra "avventura".In auto, per un qualsiasi motivo, ridevamo tranquille e serene. Ore dopo, arrivate a destinazione, avevamo visitato il centro storico e poi ci eravamo fiondate in libreria che era come fosse nostra con ogni angolo da esplorare.

Il tempo passa veloce quando si è felici e sereni. Quando ci eravamo accorte di essere in ritardo sulla tabella di marcia, siamo letteralmente volate in auto e, per quello che l'auto poteva, siamo volate verso casa, con la promessa di programmare un'altra uscita clandestina. Sono felice della giornata trascorsa, ma Annamaria legge sul mio viso una certa preoccupazione.

"Giulia dai! Siamo state chiuse in casa per tutto l'inverno. Te la finisci di preoccuparti sempre per la tua famiglia, per i tuoi figli? Ormai sono grandi! I tuoi spazi, come quello di oggi, sono un tuo diritto". E quando lei sa di avere ragione non ammette repliche. E io so che ha ragione.

Il silenzio è sceso nella mia casa, sono le ventitré, tutti dormono, il mio piccolo studio mi aspetta. Un rituale serale tutto per me, che mi fa battere il cuore come da tanto tempo non mi succede più. Mi sento come un bimbo quando trasgredisce ai genitori, eppure non sto facendo niente di male, anzi, mi sento nuovamente viva.

Questo mio mondo virtuale mi permette di esprimermi liberamente come da tanti anni non mi riesce di fare in famiglia.

Sento che, sempre di più, torno ad essere me stessa e scopro delle parti dimenticate di Giulia, non vissute; forse dormivano e questo tornare alla vita, anche se virtuale, mi piace, mi fa sentire meravigliosamente bene.

Accendo il PC, i vari rumori di ricerca di collegamento del computer mi dicono che sto per entrare nel mio mondo. La piccola luce da tavolino illumina la tastiera, lo schermo.

Ecco mi collego, sono nel forum.

È qui che ho incontrato "Lupo Solitario", questo il suo Nick. Il suo vero nome è Paolo. Il mio Nick invece è: "Ciliegio". Per un po' di sere ci siamo scritti attraverso la chat comune; poi, avevamo così tante cose da dirci, tanti pensieri intimi, personali, da confrontare che non ce la siamo sentita di condividerle con tutti. Così abbiamo deciso di scriverci tramite e-mail personale. Ancora oggi non so tante cose di lui, della sua vita personale, ma ho sempre sentito che fra noi c'era un legame particolare.

"Questa sera non è ancora arrivato!". Un po' annoiata seguo gli amici presenti, ma poi mi estraneo un poco e ripenso alla mattinata che ho trascorso al mare e rivivo quei momenti.

..Le mani in tasca dei jeans morbidi che mi avvolgono come una seconda pelle; il calore delle mie mani è piacevole da sentire, mi da conforto. Sulle spalle un giubbetto, anch'esso di jeans, borsa a tracolla, pratica, di quelle con tante tasche. Passeggiavo sull'arenile guardando i ciottoli bianchissimi cercando quelli a forma di cuore, come forma di meditazione. A tratti i miei occhi rimanevano accecati dal bagliore del caldo sole primaverile che splendeva alto nel cielo e si specchiava in ogni dove in tutto il suo splendore.

Ogni tanto sento il bisogno di andare a meditare al mare; mi piace stare da sola con me stessa, con i miei pensieri ed il mare mi aiuta in questo.

Il mare è per me molto più di un amico. Il mio rapporto con lui è molto di più di un semplice contatto epidermico, molto di più. È come essere accolta da un amante che si prende cura di me, che ascolta le mie sensazioni, rispetta i miei tempi. Quando mi tuffo nelle sue onde, lui si insinua nei miei più reconditi spazi in modo così naturale… e senza chiedermi il permesso. Le sue carezze sono sensuali, delicate, avvolgenti. Caro mare!

Risento il rumore della risacca, l'odore delle alghe, il profondo sospiro provenire dal mio petto e salire su su. Era ora di tornare a casa. Con una sottile nota di tristezza mi ero avviata alla macchina parcheggiata poco lontano, sulla strada che fiancheggia la lunga spiaggia di fine ghiaia e sabbia. Ecco quello era il momento in cui tornavo a sentirmi sola.Dio mio! Per quanto tempo ancora questa solitudine?

Un singhiozzo era giunto, inarrestabile.

Le mani saldamente aggrappate al volante avevo dato libero sfogo alle mie emozioni, alla mia sofferenza.

Sapevo di non dover trattenere le lacrime. La mia maestra di Reiki, Marta, cara amica nonché insegnante, raccomanda da sempre di non soffocare le emozioni, il pianto. Non è proprio lo stesso severo insegnamento di mia madre, quando mi diceva: "E adesso non piangere, eh!".

Mentre piangevo ascoltavo la musica del Mantra OM MANI PADME HUM. Che conforto per me quella musica dolcissima, la musica del Buddha, della Compassione. Si, sento tanta compassione per me stessa e quella musica è pur sempre un modo per amarmi, confortarmi, di nutrire la mia mente, il mio corpo, la mia anima così sofferente.

Per isolare la mia mente e rasserenarmi ero tornata a casa ripetendo il Mantra. E la speranza si era fatta sentire, l'amica Speranza, l'alleata di tutta la mia vita. Senza di lei non sarei potuta sopravvivere alla mia piccola depressione, a quell'oscuro male del vivere, conseguenza dei miei compromessi, delle mie fragilità umane.
Poi, ero arrivata a casa.

La mia casa è molto bella, confortevole, il frutto di tanti sacrifici, di tanti viaggi rimandati, di tanti desideri non realizzati. La mia casa, la mia famiglia…

Francesco, mio marito e i miei figli: Cristiano che frequenta l'università e Luca che sta frequentando le superiori. Questo, fino ad ora, è stato tutto il mio mondo di donna, la mia certezza e il mio futuro ormai pianificato. Ma proprio dopo l'acquisto della casa, voluta ardentemente da me, si sono rotti degli equilibri nel mio matrimonio. E Francesco è entrato in crisi.

Forse perché era rimasto quasi senza soldi e questa per lui era una condizione impensabile. Francesco è un gran lavoratore, un attento uomo di famiglia o meglio; a lui piace sentirsi un "capo famiglia" e tra di noi non c'è stato mai un grande dialogo, complicità, condivisione. E nel tempo i suoi silenzi si sono fatti sempre più pesanti, insopportabili. Mi annientano. Questo è il mio dolore, un dolore profondo.

Ma la verità... Sì, la verità non me la posso nascondere più. Ormai, ogni volta che io e Francesco stiamo insieme, a dire il vero sempre più raramente, avverto tanto disagio tra di noi, come se stessimo diventando sempre più degli estranei.

Lui è cambiato nei miei confronti. Sento che non mi desidera più, che non mi ama più come una volta. Quando facciamo l'amore, il piacere di stare insieme non c'è più. Non lo colpevolizzo. Questo non fa parte della mi filosofia di vita. Sono ben consapevole di tutte le incomprensioni accumulate tra di noi negli anni e io non mi tiro fuori dalle mie responsabilità. Troppo comodo fare la parte della vittima.

Ma tutto questo non cambia la situazione.

Purtroppo, il prenderne atto sempre di più mi procura una sofferenza profonda che ancora non trova una soluzione. Unico ristoro alle mie sofferenze sembra essere diventato il forum in internet, dove posso parlare, esprimermi. Ci sono capitata così, per caso. Il mio primo ingresso è stato molto timido, poi ho deciso di presentarmi. Fondamentalmente la mia personalità è timida, ma... avevo tanto bisogno di comunicare con qualcuno.Mi sentivo troppo sola.

La sera Francesco guarda film alla TV. Preferisce i film d'azione, le storie da "uomini duri", dove c'è spargimento di sangue o il solito eroe impavido che ammazza settecento persone da solo. Forse queste visioni lo fanno sentire un maschio realizzato o forse, per Francesco, è semplicemente un modo per compensare le frustrazioni, le preoccupazioni, le insicurezze che ogni giorno gli elargisce il suo lavoro.

Io invece, come tutte le donne, amo i film d'amore quelli che ti coinvolgono l'anima e che, se alla fine non piangi... non è stato un bel film. *Tutte le sere le trascorriamo così, lui a guardare la televisione ed io nel piccolo studio davanti al pc.*

UN PO' DI PAOLO

(Nick Name:"Lupo Solitario")

Una corsa a casa a prendere la borsa dello sport e poi via in palestra. Tutta la giornata al lavoro, ma ora finalmente posso svagarmi, dedicarmi a me stesso. Certo, il mio senso del dovere per la famiglia è al primo posto. La vita reale, concreta necessita di soldi per il quotidiano e il mio lavoro in banca mi permette di essere sereno.. anche se non è proprio il massimo. A 50 anni, inizio a sentirmi proprio stanco. Ma Laura, mia moglie, non lavora e mia figlia Elisa è una ragazzina che frequenta il Liceo; loro dipendono da me.

Questo è il mio senso di responsabilità dovuto all'insegnamento della mia famiglia, ma soprattutto alla cultura religiosa e, le due cose, hanno condizionato le mie scelte.

Sono cresciuto nella parrocchia di periferia della mia città, in questa splendida regione che è la mia Umbria, così verdeggiante, carica di carismatici personaggi come San. Francesco e Santa Chiara.

La mia famiglia d'origine è benestante e negli anni delle medie i miei hanno pensato bene di mandarmi in un collegio religioso. Una scelta, la loro, sicuramente rivolta al mio bene, ma non per me. Per me la separazione dalla mia famiglia, da mia madre, dal mio ambiente era stata una tortura. Non l'avevo vissuta bene. Mi ero sentito abbandonato, proprio nel periodo dell'adolescenza, quando si è più fragili. Avevo tentato di oppormi, ma non c'era stato niente da fare.

Mio padre era stato irremovibile.

Pensava che in collegio avrei formato meglio il mio carattere. Lui non era mai stato d'accordo sul modo di educarmi di mia madre. Secondo lui c'era: troppa dolcezza, troppe carezze, troppi baci, troppi abbracci; insomma un'educazione troppo da femminuccia. Io, invece, avevo bisogno di temprare il mio carattere e diventare un vero uomo. L'educazione religiosa ricevuta dalle suore aveva fatto sì che mi sentissi sempre immeritevole. C'era sempre qualche peccato che avevo commesso.

Raramente sentivo che ero stato bravo, che meritavo l'amore di Dio. Anche ora, mentre mi reco in palestra, la mia mente è affollata di pensieri cupi, frustranti. *No! Non posso più nascondere i problemi con mia moglie.*

Io e Laura ci siamo conosciuti poco più che adolescenti, il primo amore per entrambi. A pensarci adesso forse è stato l'incontro di due solitudini. Ci siamo aggrappati l'uno all'altra forse pretendendo tutto quell'amore esclusivo che ci era mancato da bambini prima e da adolescenti poi.

Credo che inconsciamente io ero diventato per lei il sostituto della figura paterna e lei, per me, di quella materna. Quanti litigi da innamorati! Ma poi era bello fare la pace.

Non ci siamo mai lasciati.

Non riuscivamo a stare separati più di tanto, o forse ero io che non ci riuscivo, perché fosse stato per Laura.. Quando litigavamo lei non faceva mai il primo passo per riappacificarci, non mi cercava. Ero sempre io a tornare sui miei passi per chiederle di fare la pace.

Allora pensavo che il suo comportamento fosse dovuto all'educazione, un po' all'antica che aveva ricevuto, ma oggi posso dire che è proprio il suo carattere, freddo, pieno di inibizioni che non sono riuscito a toglierle.. e di questo mi sento in colpa. Ma l'ho amata talmente tanto da pensare che, con il tempo, tutto si sarebbe risolto, che una volta sposati tutto sarebbe cambiato.

Avevo bisogno di lei, di fare l'amore con lei, di vivere tutte le fantasie d'amore con lei. Il mio essere maschio la voleva con tutto se stesso in una febbre d'amore che solo lei con il suo corpo morbido riusciva a lenire.

Non volevo un'altra donna.

Non l'ho mai cercata.

In tutti questi anni non l'ho mai tradita.

I primi anni di matrimonio sono stati belli, ma poi, dopo la nascita di Elisa il suo carattere le sue inibizioni sono di nuovo emerse e lei si è concentrata tutta sul suo ruolo di mamma, come se io le fossi servito solo per quello scopo. A letto non riuscivo più a sentirla donna, femmina, non riuscivo a sciogliere il suo corpo, non sentivo la sua collaborazione nel rapporto amoroso. Quando facevamo l'amore era come se lei mi imputasse il fatto che io solo ero il responsabile del suo piacere. Era come se mi dicesse:"fai tu! Fammi provare piacere! Tutto dipende da te!".

Ma non è così che funziona nella coppia, ora lo so. So che ci deve essere la piena collaborazione dell'altro per vivere il piacere di un amplesso, di un orgasmo. So che c'è bisogno di avere un buon preliminare di baci, di carezze, di coccole, di sentire i ritmi dell'altro, di ascoltare il crescere delle sue vibrazioni, l'ansimare del respiro, capire quello che l'altro ti chiede… alfine di raggiungere insieme il piacere assoluto.

La mancanza di tutto questo, con il tempo, mina la stabilità, l'autostima anche dell'uomo più sicuro di se stesso, della sua sana sessualità e può farlo sprofondare in un malessere fisico a volte anche grave. *Il non riuscire ad esprimere la propria sessualità. Per un uomo…*

Se ci penso!

Quanto ci sono stato male!

Meglio non ricordare.

Con Laura è tanto tempo che non stiamo più insieme. So che lei, a suo modo, mi ama ma sono io che sono cambiato. Non la cerco più e questo continua a farmi sentire in colpa nei suoi confronti perché in fondo penso di amarla ancora. O la mia è solo affezione?

Con il passare del tempo il mio cuore si è chiuso. L'ho protetto con un grosso muro di cemento armato. Non voglio più amare, non voglio più soffrire per amore. In questi anni ho incontrato altre donne. La visione di una bella donna è pur sempre affascinante, ma tutto è rimasto nella superficialità della conoscenza, mai niente di più profondo, di coinvolgente. Nei periodi bui della mia sofferenza ho passato dei momenti in cui non riuscivo neanche a respirare dall'ansia e a volte ho creduto di morire.

Ora so controllare il mio respiro; il respiro è vita, è la mia certezza e non permetterò mai più a nessuna emozione d'amore e a nessuna donna di farmi soffrire così tanto.

Un collega, anni fa, mi ha fatto conoscere la palestra che sto frequentando e lo sport mi ha permesso di superare il brutto periodo di malessere e insicurezze. Con i nuovi amici ho conosciuto alcune filosofie orientali che mi sono servite per conoscermi meglio.

Lo sport, i duri allenamenti, mi hanno ridato la percezione del mio corpo, della mia fisicità. Sì, mi sono riappropriato del mio essere maschio e della mia forza interiore. Sono fiero della ritrovata mascolinità. Ora so che la sessualità che avrei voluto esprimere con Laura era quella di un uomo tanto innamorato e perfettamente sano e ora so che non posso più nascondere i nostri problemi.

Anche lei si è accorta che fra di noi c'è qualcosa che non va, che non la cerco più come prima. Ormai il nostro matrimonio sta andando alla deriva, verso una crisi sempre più profonda. Nonostante questa consapevolezza è difficile per me accettare questa nostra situazione.

Non riesco ancora a pensare che il nostro matrimonio sia finito. Per me è come una sconfitta della quale non riesco a farmene una ragione. In fondo Laura è una brava moglie e una brava madre, è attenta all'economia della casa. Anche questa considerazione mi procura un senso di colpa.

Quante colpe!

Ma non riesco a trovare una via d'uscita.

Si, ci sarebbe la separazione…

Ma…?

Lei non lavora. Che farebbe senza di me? Potrebbe avere un crollo emotivo. No, non posso farle questo. Mi sentirei l'ultimo degli uomini.

Ma…?

E i miei bisogni d'uomo?

Ormai so che non sono più realizzabili con lei e questa è una considerazione molto dolorosa considerato il profondo affetto che ancora mi lega a lei. È un problema che sembra non avere soluzione.

Oppure sono io che non voglio vedere o trovare una soluzione a tutto questo?

In questi anni mi ha fatto molta compagnia il computer. La sera, dopo cena, Laura guarda i suoi film d'amore. Io invece preferisco collegarmi in Internet, a volte dopo di Elisa, anche lei una appassionata di internet dove ha i suoi amici. Girovagando ho trovato un forum in cui si parla di ricerca di se stessi, di consapevolezza dell'essere. Ho notato subito le esternazioni, gli interventi di "Ciliegio", questo il suo nick. Il suo nome invece è Giulia. Quanta dolcezza nelle sue parole!

I suoi pensieri rasserenano il mio cuore, confortano il mio spirito, leniscono il mio dolore. Per un po' di giorni l'ho letta solamente. Non mi sembrava vero di aver trovato una donna così profonda e quelle parole piene d'amore per il prossimo, lo stimolo ad amare se stessi.

Poi ho sentito un forte desiderio di conoscerla meglio, di parlarle. Così sono entrato nella discussione. Il suo benvenuto è stato molto gentile e ho sentito tutto il calore del suo abbraccio virtuale. Lei è tanto affettuosa con tutti. Per un certo periodo ci siamo scritti all'interno dello spazio pubblico in seguito, tra di noi, si è stabilito un feeling e abbiamo deciso di scriverci tramite e-mail. Avevamo sempre tante cose da dirci che lo spazio del forum non ci bastava più.

Anche questa sera ci incontreremo di nuovo.

A volte quando la penso sento un tuffo nel petto. Cara Giulia. Forse una Luce di speranza per il mio cuore? Ecco la palestra. Almeno per un po' il mio animo sarà sereno. Ecco gli amici!

"Ciao Paolo ti aspettavamo! Dai che l'istruttore ritarda ed intanto con te iniziamo il riscaldamento!".

"Bene, mi cambio e arrivo subito".

IL DIARIO di GIULIA

Ho chiuso il computer, ma non ho ancora sonno. A me piace molto scrivere e da tempo ho iniziato un diario nel quale riverso tutti i miei pensieri.
È il mio luogo sacro.
Tutti dovrebbero avere un diario segreto, dove poter esprimere veramente tutta la propria essenza, il proprio sentire.
In questo spazio "oso" scrivere anche i miei pensieri più nascosti, quelli che a volte non ho neanche il coraggio di confessare a me stessa, ma lo faccio perché ho la certezza che nessuno mai li leggerà.
Lui, il mio diario, è una caro e discreto amico e so che custodisce bene i miei segreti pensieri...

Caro diario,

da piccola abitavo in una piccola borgata, una decina di case in tutto divise a metà da una strada.
Davanti alla mia casa, costruita da mio nonno e allargata in un secondo tempo per necessità dei figli che si erano sposati, c'era un circolo operaio, dove giovani e anziani andavano a giocare a carte. Vi si accedeva per mezzo di rudimentali scalette e noi bambini andavamo a giocare nel piccolo piazzale interno.

Quando avevamo sete andavamo dall'ostessa, la chiamavamo così, ma io all'interno del bar cercavo o di andarci il meno possibile perché non mi piaceva sentire l'odore del vino.

Nel piazzale giocavamo a mondo, alla settimana, a tana libera tutti. Il circolo aveva una recinzione piena di buchi circondata da una siepe che noi bambini oltrepassavamo per esplorare la campagna circostante. Io avevo tanta paura dei contadini e della falce che usavano per tagliare il grano, perché i miei nonni mi dicevano sempre: "Non andare nel campo perché se ti vede il contadino ti corre dietro con la falce!". D'estate, quando finivano le scuole, mi piaceva andare in parrocchia; lì c'erano tanti giochi da fare con tanti amici. Il catechismo era insegnato dalle suore; c'era suor Giovanna un donnone alto e di corporatura robusta, c'era suor Cristina una donna esile di statura sotto la media.

Loro preparavano anche le recite che si facevano una volta all'anno, d'estate, ed io ero considerata la prima attrice, perché ero brava a recitare, cantare, ballare. Si, sono sempre stata molto creativa anche da piccola. A casa mi piaceva disegnare; tenevo molto ai miei colori di legno e, anche se consumati, li tenevo cari. Nella mia casa non giravano molti soldi: erano gli anni cinquanta. Il mio disegno preferito era raffigurare paesaggi. In tutti i disegni c'era sempre una piccola casina con il camino fumante e un fiorito viottolo che conduceva alla casa.

Forse sin da allora vedevo nella casa e nel focolare l'obiettivo da raggiungere.

Mia madre , ancora oggi, dice che verso i sei anni, mi sono chiusa, sono diventata silenziosa. Ero diventata una bambina solitaria e mi piaceva passare il tempo ad osservare la natura, gli animali, ascoltare il vento tra gli alberi, il profumo delle piante, l'odore della terra dopo un acquazzone.

Mi ricordo spesso di mia madre quando si organizzava per i cambi di stagione e quell'enorme armadio a sei ante che conteneva gli abiti di tutta la famiglia, di quattro persone. Prima tirava fuori tutto e poi, pazientemente, riordinava.
Sorrido.

Anche ora sento il profumo delle salsicce che nonno Ernesto attaccava sulle pareti della minuscola cucina ad asciugare. Nonno Ernesto, il nonno paterno, aveva un piccolo pezzo di terra dietro casa e lì coltivava un fornitissimo orto. Lì vicino aveva costruito due minuscole casette in cemento; in una allevava due maiali, nell'altra conigli e galline. Durante la guerra lui e la sua famiglia avevano sofferto la fame ed ora egli cercava la sicurezza del cibo.Che strano! Mia madre non è molto presente nei miei pensieri di bambina. Me la ricordo sempre nervosa e aveva poca pazienza con me. Per questo preferivo stare fuori di casa o dai nonni che avevano l'appartamento sul nostro stesso pianerottolo. Invece quando c'era mio padre, per me, era una grande festa. Lui lavorava in ferrovia, il che era una sicurezza per una famiglia: aveva un posto sicuro.

Mio padre è la persona che, da bambina, ho amato di più al mondo, forse perché abbiamo condiviso anche la stessa passione per la fantascienza, l'ignoto. Ci appassionavamo a leggere le avventure di Gordon Flash. Ancora custodisco gelosamente l'edizione datata 1957 che costava 100 lire al fascicolo.

Adesso basta ricordare. Ho bisogno di dormire altrimenti domani sarò uno straccetto.

Caro diario,

questa mattina quando mi sono svegliata, ero già stanca. Ho capito subito che sarebbe stata un'altra giornata molto calda, e non solo riferita alla temperatura esterna. Per fortuna mi piace uscire a fare la spesa la mattina presto, così mi sono preparata e mentre chiudevo il cancello di casa ho incontrato Annamaria che era uscita a depositare la spazzatura.

"Giulia, che aria stanca hai! Questa notte Francesco ti ha strapazzata, vero? E dai, dimmi… dimmi. Vuoi che ti prepari un buon uovo sbattuto per tirarti su?".

"Spiritosa! Il fatto è che non ho dormito granché! Lo sai, sono particolarmente metereopatica e forse sta arrivando un temporale; sento un forte cambio di pressione nell'aria, sarà il vento di Scirocco! Non vedo l'ora di fare la spesa e tornare a casa, poi nel pomeriggio mi riposerò. Non so che cosa mi stia succedendo; spero sia colpa della stagione calda, fatto sta che è un periodo in cui mi sento molto inquieta e dormo male. Spero proprio che questo senso di malessere mi passi in fretta".

Tutta la giornata è stata proprio da dimenticare. Questa sera non ho neanche la voglia di accendere il computer, crollo dal sonno. Ora dormo.

Caro diario,

molte cose stanno cambiando nella mia vita. Come vedi, anche la mia grafia si sta facendo sempre più grande e rotonda. Ci sono stati cambiamenti di "consapevolezza". Il lavoro sui miei limiti è stato ed è ancora molto importante.

I miei condizionamenti mi pongono dei limiti, le mie emozioni represse mi pongono dei limiti. I genitori, nell'educarci, fin da piccoli ci pongono dei limiti, così come gli insegnanti, così come la religione.

Ogni cosa sembra porre dei limiti.

IO VOGLIO

Quando siamo piccoli e ci chiedono: "Cosa vuoi?", normalmente tutte le richieste vengono esaudite.

Ma quando un bambino, spontaneamente, decide di chiedere: "Voglio.." quasi sempre quella richiesta o desiderio sono disattesi.

Mia madre mi diceva sempre: "L'erba voglio non cresce neanche nel giardino del Re".

Puoi immaginare come mi faceva sentire?

Se neanche un Re poteva dire "voglio", allora io, che non ero neanche una principessa, dovevo solo stare zitta.

Con il tempo, in altre e svariate situazioni, non potendomi esprimere, mi sono chiusa nei miei silenzi, reprimendo i miei desideri, le mie emozioni, i miei sogni. Oggi capisco che questa è una grande castrazione che si fa alla creatività di un bambino. Lo so, proprio perché ho vissuto queste castrazioni.

I sogni sono tutto per i bambini. Nel loro mondo puro e ingenuo non ci sono limiti, perché il loro è un mondo d'amore e nell'Amore non ci sono limiti: tutto è possibile.

Ora sto imparando ad amare i miei limiti, ho imparato ad ascoltarli, a cercare di capire la loro provenienza, a riconoscere il messaggio che portano e la loro funzione che è stimolante e di crescita.

Ancora non mi sento una brava studentessa, forse sono troppo esigente con me stessa, ma sono volonterosa e sto imparando a rispettare i miei tempi.

I limiti-condizionamenti hanno il grande dono di farmi lavorare per superarli e per ogni limite superato ricevo un regalo. A volte una gratificazione concreta, altre volte una grande Energia che si evidenzia in benessere psicofisico e in autostima.

Non ha importanza quanto ci vuole per superare certi limiti, ciò che importa è comprenderne il significato e riuscire a dar loro un nome, una identità.

Questo è già un ottimo inizio
per la guarigione dell'Anima.

In queste ultime settimane, in internet, ho conosciuto "Lupo Solitario" il cui vero nome è Paolo che, come altri amici, mi è diventato molto caro. Quasi subito abbiamo sentito il bisogno di scriverci tramite e-mail. Mi sento molto in sintonia con lui. Ha un modo di parlare concreto, assomiglia un poco a Marta. Anche per lui il lavoro interiore è stato ed è importante. A volte ci scambiamo le nostre percezioni. È un compagno di viaggio stimolante.
"Nulla accade per caso", e sento che il suo ingresso nella mia vita non è una casualità. Ciò che deve essere "È".
Caro diario, stiamo a vedere.

Un grande abbraccio a te Giulia…
Ti voglio bene.

Sì, quando ho finito di scrivere i miei pensieri, a volte mi faccio un'auto dedica affettuosa. È un modo di volermi bene di coccolarmi.
Le coccole mi piacciono tanto, perché non ne ho ricevute abbastanza.
A volte mi dedico anche delle poesie, che entrano nella mia vita quasi a definire un momento che sto vivendo, come questa di Tagore

"Messaggeri con notizie da cieli sconosciuti"

Questa è gioia per me:
aspettare e stare a guardare
sul ciglio della strada
dove l'ombra insegue la luce
e la pioggia l'estate.

Messaggeri con notizie
da cieli sconosciuti
mi salutano e passano
veloci lungo la strada.
Lieto è il mio cuore
e dolce il respiro
della brezza che soffia.

Dall'alba al crepuscolo
Sto seduto qui davanti alla porta
e so che all'improvviso
arriverà il momento felice
in cui potrò vederti.

Intanto sorrido
e canto da solo
mentre l'aria si riempie
del profumo della promessa.

Caro diario, non mi ricordo dove l'ho letta questa poesia.

Mi piace appuntare delle frasi che sento mie mentre leggo un libro, sfoglio una rivista, guardo un film. La mia borsa è sempre piena di foglietti con frasi che sintetizzano i miei pensieri le mie sensazioni profonde, che io non riesco a descrivere altrettanto bene.

Questa poesia la sento mia,
c'è molto di me stessa
e dello stato d'animo che sto vivendo ora.

PAOLO E GIULIA

In un giorno come tanti, in un momento come tanti Giulia entra in chat. Ignara di quanto, emotivamente, questo mondo l'assorbirà, inizia a battere sulla tastiera le prime, innocenti lettere.

da: "Ciliegio"

Salve a tutti,

vedo che si parla dei condizionamenti provenienti dalla religione. Penso che tanti di noi hanno avuto un'infanzia trascorsa in ambienti religiosi. Sembra un percorso comune.

La mia sensibilità spirituale, maturata da piccola nella frequentazione del Catechismo, mi teneva sospesa in aria. Da ragazzina, le letture sulla psicologia mi facevano intravedere che forse c'era qualcosa da capire, da utilizzare per trovare più concretezza nel mio vivere, ma non avendo continuato gli studi non ho acquisito ulteriori conoscenze o affinato strumenti per indagare e lavorare sulle mie emozioni, sul mio sentire.

Quattro anni fa alcuni eventi nella mia vita hanno fatto sì che io riprendessi la mia ricerca, che riprendessi quello che chiamo *il mio sentiero.*

L'incontro con il Reiki è stato importante. La mia maestra, Marta, che mi ha introdotto in questa filosofia, è veramente una persona speciale.

Non sono condizionata da questa filosofia o disciplina, ognuno la chiami come vuole, né dalla mia insegnante. Lei mi ha dato solo gli strumenti per capirmi. Lei ha saputo ascoltarmi e ora non ho timore di esprimere il mio sentire e di non essere capita, né tanto meno ho paura di essere giudicata.

Mio marito e i miei due figli occupano parecchio del mio tempo. I miei tre uomini sono dei maestri importanti. Mi hanno insegnato a capire tante cose di me. Misurarmi con loro, a volte, è faticoso, ma so che è anche grazie a loro che sono cresciuta. Dico faticoso, perché mi portano via parecchie energie. Per natura, avverto le loro preoccupazioni, le loro emozioni, la rabbia. Questa sensibilità l'ho avvertita fin da piccola. Quando mia madre si arrabbiava, io iniziavo a vibrare all'altezza del petto e poi mi sentivo male e mi impaurivo perché non avevo il controllo di quello che mi stava accadendo.

Ora, con il Reiki e con il mio lavoro interiore, ho acquisito una nuova Consapevolezza e Coscienza di me, delle mie emozioni e riesco ad essere più forte.

Non assorbo più, come prima, le emozioni degli altri, quantomeno riesco a distaccarmene, a distinguere, a riconoscere, a scindere le mie emozioni dalle loro.

Un abbraccio
Giulia…

----

da: "Lupo Solitario"

Ciao Ciliegio,
per approfondire il tema religioso di cui state parlando vorrei parlare di me.

Io ho trascorso la mia adolescenza presso un istituto cattolico gestito da suore. Da lì, l'insegnamento cristiano che ha caratterizzato la mia vita, anche se da alcuni anni si è affermata sempre di più la mia volontà di ricerca interiore a 360 gradi.

Crescendo, questa volontà si è rafforzata notevolmente, coinvolgendo maggiormente i miei sentimenti più profondi, tra conflitti e crisi d'identità.

Le grandi difficoltà, però, mi sono servite per proseguire il cammino verso una consapevolezza di me stesso.

Un abbraccio
Lupo solitario

----

da:"Ciliegio"

Ciao Lupo Solitario

penso che l'inizio della ricerca non è per tutti uguale, seppure il fine a cui tendiamo è uguale per tutti. La mia ricerca, ad esempio, semplicemente "È" a 360 gradi. Intendo la ricerca di percezioni, intuizioni, emozioni, blocchi condizionamenti, schemi mentali ecc. ecc.

In me non c'è divisione di personalità o di pensiero tra Oriente e Occidente. Se ci fosse stata non avrei intrapreso una disciplina come il Reiki. Una disciplina che mi è servita e mi serve per conoscermi meglio e mi dà motivazioni per lavorare su me stessa.

Quando ho qualche problema, il Reiki mi porta a riflettere ed a concentrarmi sul come posso uscire da emozioni, condizionamenti ecc. che mi fanno soffrire.

L'azione sblocca le energie congestionate, ferme, dentro di noi. Energie che compresse nell'animo, possono nuocerci, fino a portare disturbi di tipo psicosomatico.

Il mio percorso è stato lungo e ancora ho molto da lavorare, da comprendere, da studiare, da documentarmi. Nella mia piccola biblioteca si trova di tutto, anche il buon Vangelo. Questo mi ha fatto ritornare al Cristo, alle sue parole: "Ama il prossimo tuo come te stesso" o ancora: "Uomo conosci te stesso". Nessuno mi aveva imparato ad amare me stessa, a conoscere me stessa. A volte mi chiedevo: "Chi è Giulia?", ma non avevo mai una risposta concreta.

Chi è Giulia, cosa vuole dalla vita Giulia, quali sono i desideri e i sogni di Giulia? Ora sono tornata al Cristo ma con occhi nuovi, ed è questo che io chiamo il mio "risveglio". Il Risveglio ad una nuova e per una nuova consapevolezza di me. E questa ricerca, ora, fa parte della mia vita, una ricerca tramite meditazione curata ventiquattro ore su ventiquattro. E questo, con il tempo, ha comportato un nuovo modo di vedere, di sentire.

Ora i miei sensi captano la vita in modo diverso. La interpretano in modo diverso. Ho riscoperto la meraviglia di un arcobaleno, la bellezza di un tramonto, il conforto che si prova abbracciando un albero e sentire il suo calore.

È meraviglioso vedere l'aura di un albero.

Difficile da vedere?

No, non lo è. Ognuno di noi può riuscire in questa impresa, se guardassimo con altri occhi.
Ora si è fatto tardi ti saluto.
Giulia

----

da: "Lupo Solitario"

Cara Giulia
scusami per questa mail non attesa. Non è mia intenzione interferire con il tuo momento di riflessione, come tu hai dichiarato in chat, o di voler entrare in questo tuo periodo.
Sono consapevole dell'importanza di isolarsi dal mondo in determinati momenti della vita per fare un po' di chiarezza in noi stessi.

Non sentirti in nessuna maniera obbligata a rispondermi. Lo capirò. Sappi solamente che ti sono vicino e in qualsiasi momento riterrai opportuno parlare o magari confidarti, troverai in me, sempre, un amico pronto a cercare di aiutarti il più possibile.
Ti abbraccio augurandoti che la luce sia sempre dentro di te.
Paolo.

----

da: "Ciliegio"

Caro Paolo,

ti rispondo, invece, volentieri perché sento che abbiamo sempre più cose da dirci.
È vero, in questi ultimi giorni mi sono un poco isolata. Non chiedermi scusa. La tua mail non mi ha importunata, stai tranquillo, anzi, mi ha fatto tanto piacere e sono sempre contenta di ricevere i tuoi scritti.
Vedi, la necessità di isolarmi, a volte per pochi giorni, a volte di più è il mio modo per cercare di capire e capirmi meglio. È

da parecchi mesi che sto lavorando per risolvere alcune sensazioni di malessere interiore, un intreccio di vecchi condizionamenti, emozioni..

La cosa che mi da più fastidio è che da sempre somatizzo i miei dispiaceri con il mal di testa. Lavorando e comprendendo alcune mie emozioni ho rimosso in parte questo malessere. I miei dolori "usano" anche un loro orologio: iniziano prima di mezzogiorno.

Hanno anche un'ora.

Splendido!

Tu riesci a capirne il nesso?

A darmi una tua spiegazione?

Io ci sto provando con Marta. Attraverso la creatività cerco di portare fuori le mie emozioni. Cerco di riconoscere l'influenza della mia mente sul mio corpo, dall'influenza di cause esterne; ovvero i cari condizionamenti, schemi mentali.. (vera e propria spazzatura altrui che mi cade sulla testa).

Non ridere sai! È solo un modo di dire.

Una volta al mese facciamo quattro giorni di scambi Reiki a casa di Marta. So che molti preferiscono fare gli scambi in assoluto silenzio. Per noi non è così, perché durante i trattamenti di gruppo riaffiorano emozioni, sensazioni, a volte il pianto e, in un ambiente così sacro e protetto, il parlare diventa liberazione, terapia animica.

Noi parliamo e ci affidiamo all'energia dell'Universo che è intelligente, sa quello di cui abbiamo bisogno, perché noi siamo solo canali, non abbiamo nessun potere.

Il Reiki non è una religione, quindi io mi affido al mio Dio Padre, al Cristo, agli Angeli. Il mio angelo custode, poi, ha tanto da lavorare con me. La mia base cristiana è sempre con me, non la rinnego. E come potrei? Io amo il Cristo.

Insomma gli incontri diventano una vera e propria terapia di gruppo fatta in amore, con amore, per amore. In questi giorni isolarmi mi è servito per riflettere.

Ho anche dipinto, i colori mi nutrono l'anima e li uso per portare fuori e mettere sulla tela le mie emozioni.

… Ah! Dimenticavo. Io ballo, anche da sola.
Un abbraccio
Giulia

----

da: "Lupo Solitario"

Cara Giulia
sappi che il sentimento è reciproco.

Anche io sono felice quando ricevo i tuoi scritti, tanto è vero che, quando in chat hai detto che avresti "rarefatto" i tuoi interventi… ho sentito una fitta al cuore.

Stai sorridendo vero?

Bene!

Anche perché è preferibile tenere, quanto più è possibile, in alto i cuori, specialmente nei momenti che consideriamo i più difficili. Il pensiero può tutto, può distruggere come costruire, innalzare come abbattere, l'importante è indirizzarlo nel verso giusto e:

crederci... crederci… crederci

I così detti momenti di riflessione o autodiagnosi, a mio giudizio, rappresentano un appuntamento obbligato per ogni essere spirituale che intenda perseguire un intendimento di crescita, affinché questi possano, di conseguenza, valorizzare la crescita interiore, depauperata da tutti gli zoccoli duri, le aderenze, le falsità intellettuali, i condizionamenti, i paletti che si interpongono tra il noi sconosciuto e il noi consapevole.

I momenti che consideriamo difficili da superare ci offuscano la vista, quella animica e sconvolgono lo scenario, rendendolo a volte arido e privo di prospettive. L'importante è emergere ogni volta, ogni volta come fa la Fenice, librandoci verso l'alto pieni del nostro *Yin, verso lo *Yang, per ristabilire il nostro giusto equilibrio interiore.

… Per i tuoi mal di testa ci rifletterò, poi ti saprò dire. Per il resto, abbi pazienza Giulia vedrai che ne uscirai alla grande.

Sai, mi piacerebbe che tu ti "preoccupassi" un po' di me.

Fatti viva appena puoi.

Ti abbraccio

Paolo.

 p.s. spiegazione Yin e Yang

*La teoria Yin -Yang è molto antica e i filosofi cinesi se ne servivano per spiegare i due poli dell'energia che pervade l'uomo e l'intero universo.

-Yang: il principio positivo, maschile, rappresentato dal colore bianco,

-Yin: il principio negativo, femminile, rappresentato dal colore nero.

Yin e Yang non hanno alcun significato morale Buono-Cattivo non sono considerati elementi contrastanti, bensì complementari e inscindibili.

---

da: "Ciliegio"

Caro Paolo

fin da bambina, nell'animo avevo l'istinto innato di voler aiutare tutti. Poi, da grande, ho capito che non potevo aiutare il mondo se non salvavo per prima me stessa. Marta mi ha aiutato ancora di più a capire questo concetto.

Le "Porte Interiori", un piccolo ma grande libro di Eileen Caddy, mi ha fatto riflettere sul mio posto nel mondo.

Sì, il mio posto…

Da adolescente avevo grandi sogni e avrei voluto essere tante cose, ma poi, le esperienze della vita, con le mie scelte volute e non, mi hanno portato a quella che sono ora e che forse dovevo essere: nel mio posto destinato.

Sono d'accordo con tutto quello che dici, ma ho anche compreso che ci sono delle priorità, la prima in assoluto è la mia famiglia, quella che per volontà celeste fa parte della mia evoluzione "e non per caso".

E i miei amici sono casuali?

Mi sono resa conto, fortunatamente, che il mondo che mi circonda non dipende interamente da me. È troppo grande. Posso però, nel mio piccolo, aiutare le persone vicine, ma a volte mi sembra difficile anche questo, perché ho sempre il timore di essere fraintesa che gli altri pensino a una forma di manipolazione e non di riflessione in comune.

Comunque il mio vero microcosmo è stata la mia famiglia, tanto impegnativa ma tanto importante. Un mondo più alla mia portata. I miei primi anni di matrimonio sono stati pesanti; non c'erano tanti soldi, la carriera di mio marito Francesco veniva prima di tutti gli altri problemi di coppia ed io ero ancora troppo fragile per reggere tutto il peso. Oltretutto venivo da una depressione proprio prima di sposarmi.

Poi l'arrivo dei figli mi ha aiutata ad uscire da quel malessere, ma non è stato facile. Ora sono cresciuta, sono passati gli anni, ho fatto una piccola rivoluzione fuori e dentro di me che ancora continua.

Cerco di far capire a Francesco che per me lui non equivale alla sua carriera, che comunque gli vadano gli affari, per me lui è lui.

Per uomini come mio marito il lavoro è importante, essenziale. Lui sente tutta la responsabilità della famiglia ancora di più perché è l'unico a lavorare in casa, ma questa è stata una nostra scelta.

Quando è nato Cristiano non c'era possibilità di tenerlo per l'intera giornata dai nonni e se avessi lavorato non me la sarei sentita di lasciarlo in mani estranee. Poi il bambino è stato male e io, libera da impegni esterni, ho potuto affrontare meglio la situazione; anche se con sacrifici personali ed economici.

… Sai è strano, anche io faccio sempre riferimento alla Fenice. Quando ho avuto i miei momenti bui, pieni di disperazione, in cui ho sentito di toccare il fondo, improvvisamente sentivo una spinta per risalire, risorgere. A volte mi bastava poco, mi mettevo davanti allo specchio, mi guardavo, iniziavo a truccarmi, a fare una riga nera sopra gli occhi. E nel truccarmi, nello specchiarmi, guardandomi negli occhi osservavo la mia anima e risorgevo dalle mie ceneri, come la Fenice.
Ora ti saluto.
Giulia

Caro diario,

quante riflessioni mi porta a fare questo Paolo!

Certo sta diventando una piacevole abitudine dialogare con lui. Sì, anche se solo attraverso la scrittura, in realtà io sento di parlare con lui.

Ma se penso che io sto comunicando con un uomo!

Oddio!

Io parlo di me con un uomo che è al di fuori della mia famiglia!

Normalmente, per mia natura, avrei troppa paura di parlare in questo modo, molto confidenziale, con un estraneo. Ma la lontananza il non conoscerci mi infonde una sicurezza nuova. Lui non sa chi sono, dove abito, ed io altrettanto di lui. Questo pensiero mi tranquillizza mi fa sentire al sicuro. Al sicuro da che cosa poi non lo so, ma è importante che io mi senta libera di esprimere me stessa.

Il telefono suona.
Che spavento!...
Ciao diario. A più tardi.

LE AMICIZIE DI GIULIA

Un breve spaccato di vita che Giulia ama ricordare, un piccolo tributo alle persone che ama e dalle quali si sente amata.

Completamente immersa nel mio mondo, nei miei pensieri, nel mio diario, alzo il telefono..

"Pronto.."

"Giulia! Sei viva!"

"Annamaria ciao!"

"Ciao un corno! Se non sono io a chiamarti a te chissà quando ti si vede! Ascolta, dopo cena viene Veronica. Noi vogliamo fare una meditazione insieme. Tu vieni? Giulia! Non mi dire non lo so, eh! Questa sera spicciati a cenare, sbrigati con i piatti da lavare i lavori vari e lascia i tuoi uomini da soli che se la sanno cavare benissimo. Rispettati un po', che diamine! Allora ci vediamo alle ventuno".

Come posso dirle di no!?

Antonio, il marito di Annamaria, lavora fuori regione e rientra il venerdì; Davide, il loro figlio, frequenta il primo anno di Università fuori dalla nostra città e lei usa i suoi momenti di libertà per fare quello che le piace o meglio quello che ci piace fare, ovvero riunirci a fare meditazione, parlare di noi stesse, della nostra vita.

Alle ventuno e dieci sono a casa sua.

"Ciao Very!"

Baci e abbracci.

"Ciao Annamaria!"

Baci e abbracci.

Sì, quando ci incontriamo baci e abbracci non mancano mai. È la prima terapia che insegna Marta: quando ci si incontra, regalare baci ed abbracci. La prima volta che Marta mi ha abbracciata, io mi sentivo un pezzo di legno. Accidenti! Non mi lasciava andare ed io ero sempre più in forte imbarazzo. Poi, con il tempo, mi sono resa conto del significato profondo di quell'atteggiamento, di quanto mi ero chiusa in difensiva dagli altri. Ero così irrigidita nei sentimenti che non sapevo più ricevere né dare un abbraccio.

Oggi, per me abbracciare è diventata una dolce abitudine, anche per non dimenticare quella che sono stata.

Annamaria ha preparato accuratamente la stanza con bellissime candele di varie forme e colori; sono la sua passione. Nell'aria un gradevole profumo di incenso delicato per creare un'atmosfera di pace e serenità.

Very è come sempre dolcissima. Era un po' di tempo che non la vedevo, quindi, normale iniziare a parlare con lei.

"Very, come stai? Come và il lavoro? E l'amore?"

"Oh! L'amore, l'amore! Giulia guarda, non chiedermi niente! Ho proprio una con..fusione totale. Che cosa mi ha "fusa" ancora non lo so! Ma lo scoprirò. Non so più che cosa vogliono questi uomini! Come fai dei ragionamenti un po' più profondi, dei pur minimi progetti, scappano come lepri. Ho deciso che per un po' me ne starò per conto mio, fino a quando non avrò incontrato l'uomo giusto con cui parlare anche di altre cose, non solo di sesso.

Sai Giulia, in questi giorni vado a meditare al mare e ascolto il CD di Sai Baba. Tu lo sai quanto lo amo! Ce l'ho in borsa, si intitola "La Gayatri". Ascolta le parole che ora ti scrivo, così le possiamo cantare insieme".

OM
BHUR BHUVA SVAHA
TAT SAVITUR VARENYAM
BHARGO DEVASYA DHIMAHI
DHI YO YONAH PRACHODAYAT

Questa è una piccolo spiegazione:

OM – Assoluto
BHUR – Il piano fisico (5 elementi)
BHUVA – Il mondo sottile
SVAHA – Il cielo
TAT – Dio, Brahama
SAVITUR – Ciò da cui è nata ogni cosa
VARENYAM – Degno di adorazione

BHARGO – Lo splendore, la luce che dona saggezza
DEVASYA – La realtà divina
DHIMAHI – Noi meditiamo
DHI YO – Buddy, l'intelletto
YO – Che
NAH – Il nostro
PRACHODAYAT – Illumina

Meditiamo sull'effulgenza spirituale di quella realtà Divina Suprema e Venerabile da cui hanno origine il mondo fisico il mondo sottile e le sfere celesti.

Possa quel Divino Essere Supremo, illuminare il nostro intelletto (cosicché noi possiamo realizzare la verità suprema).

Ci siamo messe nella posizione del Loto, devo dire un po' scomoda per me, le mani sulle ginocchia con le palme rivolte in alto e abbiamo iniziato a cantare tutte e tre insieme.

Sarà stata la posizione, oppure la mia sensibilità, o la mia immaginazione, ma sentivo tanta energia sulle mani, quasi un peso.

Stavo ad occhi chiusi e dopo un po' ho iniziato a visualizzare: ecco il mio caro amico indiano con il suo classico copricapo di penne bianche sfumate nere. Mi sorride sempre un sorriso giovane e bello.

È da quando ho preso il primo livello, la prima armonizzazione di Reiki che visualizzo gli indiani. Forse hanno fatto parte di una mia vita precedente. Chissà!

Poi mi appare una testa di tigre con i denti di fuori, una visione molto aggressiva che mi spaventa. Poi ho visto un Cristo sulla Croce, come quello che ho in casa e poi tanta gente che portava il Cristo sulle spalle, il tutto avvolto in una luce azzurrina.

Altre immagini scorrevano nella mente ed io mi sentivo sempre più stanca.

Ad un certo punto ho chiesto al mio Angelo Custode, alla mia Guida, alla fiamma Violetta, di proteggermi e proteggere anche le mie amiche. Quando ho chiesto protezione ho visualizzato un corpo trasparente seduto nella posizione del Loto e poi... poi mi è difficile spiegare tutta la visione. Posso paragonarla alla striscia di energia di un elettrone in rivoluzione attorno al suo atomo. Quella linea, nella mia visualizzazione, era di un viola tenue, fluorescente e girava intorno ad un corpo etereo.

Finita la meditazione eravamo tutte e tre molto stanche. Ci siamo subito messe a parlare per confrontare le nostre visualizzazioni, le nostre emozioni e le ore sono volate. Sapevamo che era stata una serata importante, forse uno spunto per capire qualche cosa di più di noi.

Ci siamo salutate, baci e abbracci, dicendo di non far passare troppi giorni fino alla prossima riunione.

Caro diario,

Annamaria sa tutto di me. Dopo che ci siamo ritrovate, siamo diventate amiche forse ancora di più di quello che eravamo state da ragazze.

Eppure, non so perché, ma a lei non ho mai parlato di Paolo, di questo incontro che per me sta diventando molto importante.

Lo ritengo uno spazio mio, segreto, sacro, dove nessuno deve entrare, neanche lei.

Per fare questa meditazione insieme alle mie amiche ho sacrificato la serata con Paolo.

Chissà che cosa avrà pensato non sentendomi. E poi non ho neanche letto la sua posta. Sicuramente c'è un suo messaggio, e chissà che cosa penserà non vedendo una mia risposta?

Ok, Giulia! Cerca di rasserenarti. Stai tranquilla. Domani recupererai tutto.

Sì, domani, ma ora mi sento un po' triste. Mi è mancato il non parlare con Paolo.

TU ED IO

L'attività epistolare in chat di Giulia aumenta di giorno in giorno e le amicizie virtuali crescono in numero e in qualità. Ma la figura di Paolo, di lettera in lettera acquista per Giulia un significato più profondo.

Da: “Lupo Solitario”

Ciao Giulia

Ti propongo di riprendere nei prossimi messaggi il richiamo alla Fenice, visto che per tutti e due rappresenta il simbolo della rinascita e della rigenerazione interiore. Quale altro simbolo può esprimere il concetto con così tanta forza… sei d’accordo con me Giulia?

Nella mia vita ho dovuto sperimentare a mie spese che non basta rinascere una sola volta, ma essere sempre pronti a farlo, come in una sorta di moto perpetuo, instancabile, perseguendo l’unico obiettivo, quello di rendere merito alla vita stessa, unica vera ricchezza.

Questa vita, inestimabile valore che possediamo, che ci è concesso di assaporare, durante la quale, anche se spesso nel dolore e nelle frustrazioni, dovremmo costantemente far crescere il nostro *essere* interiore.

Apprezzo tantissimo, amica mia, il grandissimo sforzo che stai facendo per perseguire il tuo obiettivo di rinnovamento. Benvenuta nel “club” dei Guerrieri della Luce. È così che mi piace chiamare tutte le persone che lottano strenuamente alla ricerca della “luce”. E tu, anche tra gli alti e bassi, che sicuramente avrai, sei una guerriera.

Un abbraccio
Paolo

"Caro diario,

oggi sento proprio il bisogno di scriverti.

L'intimità del mio piccolo studio mi avvolge come una calda e soffice coperta. Questo mi fa sentire protetta anche in questo momento in cui il mio corpo è attraversato da brividi, prima di freddo.. poi invaso da un grande calore.

Mi sento molto emozionata dalle parole di Paolo.

Paolo... Paolo...

I guerrieri della Luce!

Anche questo abbiamo in comune!

Io leggo spesso i brani contenuti nel libro di Paulo Coelho "Il Manuale del guerriero della Luce". Dopo "Le Porte Interiori" di Eillen Caddy è il secondo libro che tengo sempre a portata di mano per trarne risposte e ispirazioni nei miei momenti difficili.

Sì, io mi sento una guerriera della Luce o meglio, una ricercatrice delle mie parti ancora in ombra, piccoli semini che a volte mi chiedono di vedere la Luce.

Paolo...

Ho bisogno di saperne di più di te.

Tante coincidenze tra di noi mi incuriosiscono troppo e mi disorientano".

Stai serena Giulia, stai serena...

Da: "Ciliegio"

Caro Paolo,

quante coincidenze, quante cose ci accomunano..

A questo punto non mi meraviglierei se a te piacessero anche le arti marziali.. considerato che è un'altra mia passione. Bruce Lee è stato un mio mito, non so quanti suoi film abbiamo visto da ragazzi io mio fratello e mio padre. Immagina, oggi mio fratello è cintura nera di Tae Kwon-Do.

Che dire poi dei film della serie Guerre Stellari: tutti visti. Hai presente la frase del maestro Joda: "che la forza sia con te?" Film e fantascienza a parte, io credo che la forza ci guidi sempre e gli amati Angeli sono i messaggeri Celesti.

Se vuoi raccontami un po' di te, della tua vita. Mi è dispiaciuto molto sapere della tua adolescenza vissuta nel collegio, così come mi hai raccontato.

Perché mi dici che devo preoccuparmi per te?

Forse non stai bene?

Vuoi che ti faccia qualche trattamento Reiki a distanza?

Fammi sapere.

Un abbraccio

Giulia

----

da: "Lupo Solitario"

Cara Giulia,

sono contento che ti piacciano le arti marziali. Sai, Bruce Lee è stato anche un mio mito e anni fa ho frequentato per alcuni anni una palestra dove si insegnava il Tae Kwon-Do. Se volevi un'altra coincidenza eccoti servita. Vedi Giulia, la richiesta di "continuare a preoccuparti di me" è il sentimento

che penso noi tutti vorremmo ci fosse riservato dagli amici più cari: questo era il mio intendimento.
Forse ti sembrerò un tantino esagerato, ma è esattamente quel tipo di sentimento che ho provato per gli amici più cari quando mi telefonavano dopo lunghe assenze, magari dovute ad un banale litigio.

Quanto rimpiango quei momenti..

Il sentirsi ancora parte dei loro pensieri, della loro considerazione, ecco, tutto questo mi riempiva di gioia profonda e mi rattristava quando non avveniva. Era questo che intendevo dirti, Giulia, nel "continuare a preoccuparti per me".
Anche se la nostra è essenzialmente un'amicizia tra anime. Una sorta di amicizia essenziale, forse! E comunque, non perché solo amicizia epistolare è meno ricca di valori.

Avrei piacere di conoscere, a questo riguardo, il tuo pensiero.

Se non ho capito male, in chat hai detto che questi giorni, per te e la tua famiglia, sono giorni di vacanza.

Brava Giulia, goditi il tuo meritatissimo riposo, tu e la tua famiglia. Da parte mia, se permetti, continuerò, da buon amico, a preoccuparmi per te, anche se in cuor mio so che la Fenice, ormai, ha spiccato il volo.

La mia infanzia ti ha coinvolto, dici!

Forse siamo coinvolti da tutto ciò che, anche se in maniera diversa, trova in qualche misura delle assonanze con il nostro vissuto. E tramite tali esempi cerchiamo di ricercare chiavi di lettura per aprirci alla scoperta di noi stessi.

Cercare l'anima gemella è una ricerca di un altro IO fra i tanti nostri simili, sperando di giungere, prima o poi, a questo risultato a cui tanto aspiriamo.

Un abbraccio e un bacione sulla guancia per te e un "inchino marziale" per tuo fratello.

Paolo

----
da: “Ciliegio”

Amico mio,

non so spiegarti il mistero del mio interesse per il tuo vissuto. Quando mi accadono queste cose cerco di viverle appieno, perché solo vivendole posso comprenderne il significato. Sicuramente, la sintonia, la risonanza che ha prodotto nel mio profondo il tuo vissuto... penso che riguardi qualche cosa che serve a capire meglio alcune situazioni di me stessa.

Involontariamente sei come un messaggero che mi aiuta a diventare più consapevole.

Prima o poi.. capirò.

Sai, se anche solo per un po' saremo compagni di viaggio, benché quello che serve per capirsi meglio è il tempo, ben venga.

Ora non mi voglio porre tante domande; lassù sanno sempre quello che fanno e nulla avviene per caso. Marta nella sua personale filosofia, dice sempre: Va bene così!”

Penso proprio che la nostra amicizia sia una risonanza di anime, come dici tu, uno scambio di valori che forse ci occorrono.

Gli Angeli sapranno farci capire il messaggio.

Ora è tardi, ti abbraccio e ti saluto.

Giulia

----
da: “Ciliegio”

Buon giorno caro Paolo, sono le sei del mattino.

Sono mattiniera, vero!

Mi succede quando non sono serena o mi addormento di un sonno agitato. Ho già letto alcune pagine di un libro, ho fatto colazione. Questi giorni ho ripreso a leggere un libro che avevo comperato un anno fa “A tu per tu con la paura”. Lo avevo comperato d’istinto ma, stranamente, ho avuto timore di aprirlo.

Ora ho avuto il coraggio di farlo e dentro ci sto trovando le conferme su cui sto lavorando per conoscermi meglio. Non so perché avevo timore di leggere questo libro, forse avevo “paura” della parola stessa!

Ma perché?

Per me non è facile rientrare nelle mie paure, nelle mie ferite, rivisitare gli schemi della rabbia, dell’impotenza, dell’abbandono. Ma perché non darmi un’opportunità per capirmi meglio?

Sai, io credo nelle energie anche se non le vedo.

Personalmente ho sperimentato quanta energia c’è nella rabbia, quanta energia ha questa emozione. Lise Borbeau nel suo libro “Ascolta il tuo corpo il tuo migliore amico sulla terra”, ci consiglia di ascoltare i messaggi che il nostro corpo ci manda attraverso i dolori che somatizziamo.

Spero di capirmi sempre di più.

Un abbraccio

Giulia

----

da: “Lupo Solitario”

Giulia cara!

Hai per caso un galletto canterino che ti sveglia all’albeggiare? Io, quelli, li preferisco al forno con patatine e rosmarino. ☺

Sono felice come sempre di leggerti. Il tuo modo di comunicare è senza dubbio inconfondibile e coinvolgente per me. Ho imparato ormai da tempo ad apprezzarlo nella sua pacatezza e dolcezza espressiva.

Sai, Giulia, ti ho mai detto che, a volte, di notte sogno di essere un ragazzino sperduto? A volte questo guerriero della luce ha ancora paura come quando era ragazzino in collegio e si sente sperduto come allora.

Poi il ragazzino pensa alla Fenice che è in lui, alle grandi ali dell'animale, osserva il cielo e, finalmente si addormenta.

Si è fatto tardi, sono le undici. Oggi è una splendida domenica Giulia. Osservo il cielo e non vedo nubi. Dai! Andiamo a prendere un po' d'aria buona, oggi.

Un abbraccio

Paolo

----

da: "Ciliegio"

Caro Paolo è iniziata un'altra settimana.

Sai, ho sempre avvertito il tuo bambino interiore e forse è proprio questo che mi ha colpito di te.

Penso che il tuo piccolo Paolo, ora, si senta molto protetto dal grande Paolo.

Il piccolo, ora, sa che ha qualcuno che lo ama che quando soffre lo abbraccia e gli dà tutto l'amore di cui ha bisogno. Un grande Paolo che comprende le motivazioni del piccolo bimbo e gli dà l'amore, la comprensione, tutto l'appoggio di cui il bambino ha ancora bisogno.

I Guerrieri della Luce sanno che la battaglia non è facile; a volte saranno tristi, siederanno davanti al fuoco a parlare con gli amici delle loro ferite, come facciamo noi due e magari guarderanno verso il cielo pregando il Padre divino.

Quando sono stanchi i guerrieri si riposano per riprendere le forze, sanno che, perdere una battaglia non vuol dire perdere la guerra.

La Speranza è sempre nel loro cuore.

Amo molto i bimbi smarriti. Ogni volta che ne incontro uno e vedo lo smarrimento che c'è nei suoi occhi il mio cuore si apre e lo inonda d'amore. Nessun controllo di emozioni, solo un grande amore per un fratello, per un compagno di viaggio.

Sai, a volte sento un grande bisogno di giocare, forse perché da piccola ho giocato poco, ma spero di avere tanto tempo per recuperare.. a Dio piacendo.

Un grande abbraccio e un bacione sulla punta del nasino del piccolo Paolo.

Giulia

----

da: "Lupo Solitario"

Dolce Giulia

è il grande Paolo che ti parla (grande in termini di taglia) e ti dice che è fin troppo lusingato per le tue parole generose e ti riferisce che hai strappato un sorriso anche al piccolo bimbo sperduto che si sente ora meno solo. Qui la Grande sei tu (e non in termini di taglia), fidati!

Permettimi di coccolarti un pochino.

Non vorrei ripetermi e non vorrei apparire troppo mieloso ma devo ribadirti che sei una persona veramente speciale, di una sensibilità non comune, credimi. Di persone ne ho conosciute moltissime nella mia vita. Ho avuto l'occasione di conoscere molte anime e valutare in termini essenzialmente di sensibilità. Il quadro, o forse sarebbe meglio dire l'analisi che hai tracciato della mia personalità, devo dire è degnissima di considerazione da parte mia. Farò tesoro delle tue parole.

Come ebbi già modo di esprimere il mio pensiero in altre occasioni, considero fondamentali il cammino interiore, la scoperta del nostro universo interiore, la ricerca per trovare la nostra personalissima chiave di lettura.

È una condizione senza la quale non si può avanzare alcuna pretesa di continuare il nostro cammino con profitto.

Un abbraccio a te da Paolo e da Paolino

----

da: "Ciliegio"

Caro Paolo
tempo fa parlando con un mio carissimo amico non sono riuscita a spiegargli il mio pensiero sulla paura. Ti ho già detto che ora, finalmente, ho il coraggio di leggere il libro "A tu per tu con la paura".

Ancora non ho finito di leggerlo, ma inizio a capire, intuire, il primo abbandono della mia vita.

Sì, perché il primo vero abbandono l'ho sentito da piccola, quando, con il naso per aria aspettavo che qualcuno da lassù mi venisse a prendere perché io qui, sulla terra, non ci stavo bene, piangevo e volevo tornare lassù.. a casa.

Ero una bambina troppo sensibile. Sentivo una grande nostalgia, mi sentivo priva di protezione, ero sola, quaggiù. La mia famiglia terrena non era in grado di darmi quell'amore incondizionato, quella protezione cercata, tutto l'ascolto e il calore che il mio inconscio (o forse la mia anima) ricordava perché li aveva conosciuti e chissà, forse quella segreta nostalgia, quella tristezza, quel malessere sconosciuto, cercava di farmi ricordare il mio passato.. lassù.

A volte, quel velo che non ci permette di ricordare chi siamo stati, ha dei buchi dai quali fuoriescono informazioni che noi, ancora, non riusciamo a decodificare, ma ci fanno stare male.

Il sentirsi soli.. forse è questo il malessere giovanile.

Ora, ricongiungere queste due dimensioni è importante; capire che non siamo soli è importante.

Mi sento sola se mi chiudo in me stessa, se penso che non posso parlare con nessuno di ciò che agita il mio cuore, i miei pensieri.

Fortunatamente ho trovato chi mi ha saputo ascoltare e parlo di Marta la mia maestra. Penso che ognuno di noi trova il suo maestro nella vita ed è quello che ci apre le porte del suo cuore, incondizionatamente. Quello che riesce a trovare il nostro lato migliore, quello positivo, quello che ci dà la speranza, la consapevolezza di noi stessi, della nostra unicità.

E la speranza di essere compresa da Francesco mi spinge, a volte, a cercare di comunicargli i miei stati d'animo, il mio "sentire", ma anche l'uso di questo termine, per lui è una mia stranezza.

Parliamo due lingue differenti.

Forse per comprendermi, dovrebbe leggere "La profezia di celestino".

Un grande abbraccio ad un grande amico guerriero.

Giulia

----

da: "Lupo Solitario"

Ciao Giulia cara

ti ringrazio mille volte, amica mia, e mille volte ancora per le tue parole dettate dal tuo animo così aperto che toccano ancora una volta il mio cuore lasciandomi percepire la profondità del sentimento e del messaggio che vuoi trasmettermi, infrangendo così, pezzi della mia talvolta ingombrante armatura di cemento che mi sono costruito.

Parli di "paura"!

Sì, l'ho conosciuta e il bimbo che ora è seduto qui vicino a me ne è testimone eloquente. Egli infatti ascolta e annuisce senza emettere suono, mentre dal viso sgorgano lacrime cristalline.. e si stringe forte a me in cerca di protezione. Non sa che anche il mio cuore talvolta piange, ma non lo dà a vedere. I nostri occhi si confrontano cercando gli uni risposte negli altri.

Non lo scaccerò questa volta, Giulia non lo manderò via questa volta. E questo è anche merito tuo. Anzi l'ascolterò, cercherò di capire cosa lo affligge, l'ascolterò e forse imparerò qualcosa in più di me.

Le sofferenze vissute sulla propria pelle trasformano gli esseri umani tanto profondamente da renderli esseri di luce o viceversa esseri sperduti.

Tu Giulia sei un essere di luce.

Per quanto tu possa aver sofferto, ed hai sofferto tanto, tutto ti è stato restituito decuplicato.

Vivi quindi il presente, amica mia, con intensità.

Vivilo pienamente.

Gioisco per quel che sei riuscita, con le tue forze, ad essere, credendoci. Mi inorgoglisce essere tuo amico, anche se un amico ancora virtuale. Ma non importa. Le anime non hanno volto.

Ascolterò sempre, avendo molta stima di te, le tue parole. Chissà che non cadano gli ultimi pezzi della mia armatura di cemento e il guerriero, finalmente libero, possa unirsi al bimbo divenendo un unico spirito.

Sai Giulia "noi" adoriamo il mare, come te. Chissà forse un giorno ci incontrerai lì, felici, trascinati da un aquilone a forma di Fenice.

Il "guerriero" ti porge i suoi omaggi.

Un abbraccio

Paolo

----

da: “Ciliegio”

Caro Paolo,

ti ringrazio delle belle parole che hai usato nei miei confronti. Penso che siamo tutti esseri di Luce, figli del Padre, la difficoltà è esserne consapevoli.

Sai, le emozioni che mi hanno dato le tue parole sul bambino seduto vicino a te, sono state molto forti. Anche se ora mi sento più protetta di una volta a livello emozionale, ancora il contatto diretto (il sentire le emozioni dei bambini interiori) è molto forte per me. Non nego che quando ho letto le tue parole ho pianto tanto e ancora mi sento emozionata.

Sono felice che tu “ora” non scaccerai più il tuo bambino interiore, il piccolo Paolo.

Amalo, amalo come nessuno lo ha mai amato.

Ascolta ciò che ha da dirti; ascoltalo con amore, compassione, coraggio, pazienza e la saggezza che ha il grande Paolo.

Il piccolo Paolo è un bambino che è Meritevole di tutto l’amore del mondo.

Un grande abbraccio
Giulia.

----

da: “Lupo Solitario”

Cara Giulia
mi è venuta in mente una tua frase: “Io ballo da sola”.
Dimmi come lo fai e perché lo fai.
Paolo

----

da: "Ciliegio"

Caro Paolo

è vero la gioia di ballare da sola è in me fin da piccola.

Per due anni ho frequentato un corso di danza classica, avevo sei anni quando ho iniziato. Ancora ho delle foto e non ti dico che emozione provo ogni volta che le guardo.

Sentivo già il mio piccolo essere esprimere, attraverso la musica, la sua parte emozionale e spirituale.

Ora, quando mi va, ascolto la musica di cui sento il bisogno e ballo da sola. Ho capito che mi serve anche per scaricare le energie negative e lo stress accumulato e ricaricarmi di quelle positive. Ascolto il ritmo e la danza mi viene da dentro.

Non ridere eh!

A volte il mio ballare un po' orientale, lo rivedo nelle danzatrici della Thailandia; il Tai Chi un po' lo rappresenta. Altre volte, invece, ho bisogno della più scatenata musica da discoteca. Mi piacciono anche i balli Latino Americani, la Salsa Cubana, la Bachata, la Rumba ed amo il Tango.

Amo esprimere le mie emozioni attraverso la musica; penso che gratifichi la mia anima. Lo stesso mi capita quando sento il bisogno di esprimermi attraverso la pittura o lo scrivere.

Un abbraccio

Giulia.

----

da: “Lupo Solitario”

Cara Giulia

che bella ballerina dovresti essere!Mi sembra di vederti danzare con una ghirlanda di fiori stupendi, coloratissimi, sulla sommità del capo. Che bella cosa!

Seguendo il ritmo sincopato del cuore.. del cuore.. del cuore.. del cuore, lasciando libero lo spirito di espandersi e di volteggiare.. leggero.. felice.. spensierato.

Sì, libero di mutare come una crisalide che muta in meravigliosa farfalla.

Continua a danzare Giulia cara, continua a danzare dolce farfalla. Ed a proposito, ti mando una foto di una splendida farfalla che ho trovato in un libro.

Con tanto affetto.

Paolo

----

da: “Ciliegio”

Amico mio

ti ricordi quando ti ho parlato delle coincidenze?

Ti prego, devi dirmi dove hai preso quella foto che mi hai mandato. Oggi ho stampato il tuo messaggio a colori per vedere meglio l’immagine. Non ci crederai un paio di settimane fa ho fatto una meditazione guidata con Marta e riguardava la crisalide, del bruco che diventa farfalla. È impressionante come la testa della tua farfalla assomigli così tanto a quella che ho visualizzato io!

Sarà che, nell’inconscio collettivo, sappiamo tutto gli uni degli altri e quel filo che ci lega ogni tanto funziona e trasmette?

Forse un giorno capirò meglio tante coincidenze.
Un grande abbraccio
Giulia

----

da: "Lupo Solitario"

Giulia cara è così bello e candido il tuo stupore...

È così spiegato, forse con maggior chiarezza, il mio pensiero sul *filo d'argento* che lega alcune persone ancor meglio che ad altre.

Il filo d'argento potrebbe essere definito un *canale,* una sorta di linea privilegiata che collega cuore a cuore, sentimento a sentimento e ci restituisce facoltà "perdute", che tutti, potenzialmente possediamo, ma che spesso confiniamo all'interno del nostro essere. Ed in ragion del vero ti dirò che:

Quando tutto è buio
e non vediamo più niente,
non è perché la luce non esista,
ma solo perché le nostre finestre
sono state chiuse.

Potrei dirti tante cose ancora, Giulia cara, sul filo d'argento che lega la nostra amicizia, ma forse ora non ce n'è bisogno.

Ti dirò solamente, per soddisfare in parte la tua sana curiosità, che quell'immagine l'ho sempre pensata e, finalmente, giorni fa, l'ho trovata in un piccolo testo dal titolo "Messaggeri con notizie da cieli sconosciuti".

Spero vivamente Giulia che tu continui a danzare, ravvivando ogni volta di più quel sentimento di armonia che senti crescere in te nei confronti del Tutto. Così, come spero vivamente, che tu conserverai sempre quel sano stupore nell'ascoltare quelle "strane coincidenze" che in cuor tuo, in verità, comprendi. La verità ultima è che io, ho il grande privilegio di averti amica.

Ti mando un'altra foto.

Un pensiero di Luce

Paolo

----

da: "Ciliegio"

Caro Paolo

Sono passati otto mesi da quando abbiamo iniziato a scriverci, ancora non comprendo perché abbiamo così tante cose da dirci.

Sai, io non sono abituata a parlare così tanto, ma tu sai sempre stimolarmi con il tuo parlare. È come se ci conoscessimo da sempre.

Nei miei momenti tristi o di difficoltà mi sai confortare, con la tua amicizia sei sempre pronto a sostenermi.

A volte penso che, quando è pronto l'allievo il maestro appare. Ed io sento che noi due siamo allievi e Maestri l'uno dell'altro.

Quante cose mi stai insegnando. Tante che forse, ancora non riesco a dirtele. Sappi che io mi sento una tua umile allieva.

Ora, tanto per cambiare, la foto che mi hai mandato, quell'albero senza foglie tutto nero che si staglia su di un tramonto rosato azzurro; Marta lo ha dipinto nella sua casa, è quasi identico al suo.

Sì, tutte queste coincidenze mi parlano sempre più di Maestri… di messaggeri.

Come faccio a non sentirmi grata e felice, a non emozionarmi di così tante coincidenze positive?

Dimmelo tu?
A presto
Giulia

----

da: “Lupo Solitario”

Ciao Giulia..

Questi mesi sono volati. Quante mail ci siamo mandati. Tante che non le ho contate. Sì, ci stiamo aiutando reciprocamente, è verità assoluta la tua affermazione. Sa Dio quanto io abbia bisogno delle tue parole, così come delle parole di altre anime che come te reputo amiche e gentili, che purtroppo non sono moltissime.

Tutto trova la sua ragione di essere, tutto ciò che sembra inspiegabile finalmente riceve spiegazione. Siamo come canali che seguono le leggi del cuore e laddove cuore e spirito sono puri, lì riescono a riconoscersi.

Sai, Amica mia dolcissima, anch'io ho visto quell'albero come lo hai “visto tu”. Era bellissimo..bellissimo. Mi è bastato chiudere gli occhi per un solo attimo e pensarti.

Ti abbraccio forte forte forte forte
Paolo

----

da: “Ciliegio”

Paolo

ti ricordi, tempo fa, quando mi hai parlato del CD che ti piace tanto: I canti dell'anima?

È forse il CD dove c'è il brano “Illumination”?

Per caso questa sera l'ho visto nella libreria dove vado spesso e l'ho comperato. Era proprio lì in evidenza e sembrava chiamarmi. Ora lo sto ascoltando.
A presto
Giulia

----

da:"Lupo Solitario"

Giulia..
Di quanti altri "messaggi" hai bisogno per convincerti?
Il filo d'argento esiste! Che la Luce sia sempre con te.
Paolo

p.s. ti mando la foto della copertina del Cd così ti togli il dubbio.

----

da: "Ciliegio"

Caro Paolo..

Forse tu hai già conosciuto queste sensazioni, chissà a quanti fili sei già collegato. Forse hai avuto già tante conferme.

Per me non è così.

Anche se ho avuto tante coincidenze con persone a me vicine, è la prima volta che mi succede con una persona che mi è lontana. Certo non è "casuale" e allora ho bisogno di riflettere. La musica del CD mi porta sensazioni che mi portano a volare sulle alte montagne. Il mio cuore si riempie di speranza, di dolcezza, di armonia forse l'antico profumo di.. casa.. lassù.

È una sensazione molto forte, struggente.. se chiudo gli occhi è molto liberatoria. Specialmente Illumination che è stato il primo brano che mi ha colpito.

Scusami.

Lo so che devo **crederci.. crederci.. crederci**. Anche un libro che sto leggendo mi dice che devo lasciarmi andare al flusso, mettermi all'ascolto del mio Sé Infinito, ma ancora mi sento una modesta allieva.

Ti abbraccio

Giulia

IL RISVEGLIO DEL CUORE

Caro diario,

ora ho capito il messaggio del CD “I canti dell’Anima”.

Non è per caso che ieri l’ho trovato in libreria e proprio dopo che me ne aveva parlato paolo nella sua mail. Mi piace molto il brano Illumination; ciò che mi fa sentire è AMORE.

Amore per me stessa.. sono io che mi amo.

È una cosa che viene da dentro. Una sensazione bellissima un’emozione forse dimenticata.

Ho chiesto, pregato tanto che il mio cuore tornasse a battere, che l’Amore tornasse nella antica forma gioiosa, sognatrice, forte.

Penso che il Chakra del Cuore si stia aprendo e liberi emozioni che mi trovano impreparata a gestire.

Poi, penso al mio posto nel mondo e allora il mio vivere quotidiano mi porta chiarezza, equilibrio.

Sogno, ma con i piedi per terra.

Il radicamento è importante per me, per sperimentarmi.

Caro diario,

sto vivendo tutte queste sensazioni mentre i problemi con Francesco si stanno facendo sempre più pesanti. Più affermo me stessa, la mia spiritualità, più lui si chiude, non vuole neanche che porti in casa le mie amiche di reiki.

Troppo strane, dice.

È da un po’ di mesi che il nostro rapporto sta peggiorando, non mi rivolge neanche più la parola. È accaduto altre volte che siamo stati in silenzio per parecchio tempo. Questo è un suo modo di essere.

Oggi gli ho chiesto: perché non mi parli?

Mi ha risposto:perché ormai tu non mi ascolti più, vuoi fare quello che ti pare. Mi sono sentita morire.

Possibile che non mi capisca?Che non capisca la mia voglia di conoscere, di sapere, la mia ricerca per conoscere meglio me stessa per non stare più male?

IO sono Giulia..
IO esisto..
IO sono viva.. voglio vivere

Fortuna che in questi mesi mi sono sentita amata, coccolata da Paolo. È lui che mi ha sostenuto con il suo dialogare. Se non ci fosse stato mi sarei sentita "molto sola". Certo, non sono proprio sola: ho Marta, Annamaria, Veronica, Beatrice che è una persona stupenda che ho conosciuto da poco. Lei si interessa di Astrologia e sento che ci sono tante cose che ci legano; mi piace il suo modo di esprimersi. È una persona dolcissima e molto bella.

Stai serena Giulia, stai serena.

----

da: "Lupo Solitario"

Cara Giulia
Parli di sensazioni?
Di quante ne ho assaporate? Sì, tra queste c'è, ad esempio anche "l'averti conosciuta". Così come aver conosciuto altre persone come te, d'animo gentile, nobile ed aperte al dialogo.

Questi sono i fili ai quali sono collegato, amica mia; penso sia lo stesso anche per te. Coincidenze? E questi fili riesco ad intrecciarli sia con persone fisicamente vicine che lontane da me. Che differenza può esserci dolce Giulia!

Il pensiero viaggia senza l'ostacolo delle distanze del tempo e dello spazio. Può giungere da mondi lontani, colpendo nel centro, colpendo il nostro cuore, creando sensazioni ed emozioni che ci aiutino a capire, a capire chi eravamo.

...

Di quali conferme hai ancora bisogno tu? Forse una posso dartela io: sei riuscita ad ingentilirmi!

Grazie amica mia.

Paolo

----

da:"Ciliegio"

Caro Paolo

sai, sono felice per te che hai conosciuto tante persone d'animo gentile. Per me non è stato così. Dopo Marta sei la seconda persona con la quale mi sono aperta così tanto e non è stato facile, ma non me ne sono neanche resa conto. Mi accade questo quando il mio cuore, forse la mia essenza, si sente libera di esprimersi e prende le redini del mio dire.

Forse sapere delle tue sofferenze, entrare in contatto con te, mi ha aiutato ad aprire il mio cuore; è come un medico che guarisce, ma a sua volta anche lui viene guarito. Prendila come una spicciola metafora.

Le conferme non sono importanti solo per me.

Amico caro, non è merito mio se sono riuscita ad ingentilire uno come te; la tua bellezza è già in te.

A te, invece, riconosco il merito di essere riuscito a ricongiungere delle parti di me che si cercavano. Ancora non so spiegare bene il perché o il come; mi ci vorrà un po' di tempo per capire.

Caro dolce amico.

Grazie.. grazie di esistere.

Ti abbraccio.

Giulia

----

da: “Lupo Solitario”

Dolce Giulia

Sai, mi risulta assai difficile pensare che nella tua vita tu abbia potuto conoscere solo poche persone “gentili”. Mi gratifica il sapere che tra queste poche, una sia proprio io, pur non avendomi mai conosciuto fisicamente.

Mi rimane difficile pensarlo perché sei una persona stupenda. È così che ti vede il mio cuore e, bada bene, chi mi conosce sa che non sono prodigo ad elargire dolcezze o coccole con facilità.

Giulia credimi e credici, tu sei una persona stupenda ricca interiormente, nobile e gentile.

Hai scritto molto carinamente: grazie di esistere. Ora, amica mia dolcissima, sono io a dirtelo con tutto il cuore.

Paolo

----

da: “Ciliegio”

Caro Paolo è da un po’ di giorni che non ci sentiamo.

Tutto ok?

Un abbraccio di serenità.

Giulia.

----

da: “Lupo Solitario”

Cara Giulia, tutto ok, non ti preoccupare tesoro.

Devo ammettere, di fronte alla tua “sensitiva-sensibilità”, che non sto vivendo un periodo sereno.

Lo dimostra anche questa mail un poco grigetta, triste e striminzita che sicuramente poco mi caratterizza.

Sono un po' triste dolce Giulia, ma vedrai che non lo sarò per molto. Ti voglio bene.

Paolo

----

da: "Ciliegio"

Caro Paolo è passato quasi un anno dall'inizio delle nostre conversazioni tramite e-mail. In questo anno mi hai dato l'opportunità di riflettere molto e di questo ti ringrazio infinitamente. È stato un anno in cui alcune emozioni non risolte della mia vita hanno avuto l'opportunità di ripresentarsi per essere finalmente chiarite.

Questa mattina parlavo con la mia amica Annamaria e lei diceva che era stufa di soffrire per tutti questi suoi "sospesi emozionali". Allora le ho detto: prova a giocare con le emozioni e a dare loro un nome. Forse può essere un modo meno pesante per te per la tua ricerca interiore.

Ora lo dico anche a te di provare.. a giocare.

Paolo ti prego, se vuoi, dimmi cos'è che ti fa sentire così triste. Non trattenerti di manifestare con me i tuoi sentimenti, i tuoi malesseri interiori, le tue delusioni. Raccontami dei tuoi problemi. Non reprimerti con me, parlami. Parlami fino a che ti sarà e mi sarà utile. Forse io sono qui per questo. Siamo qui per questo, per aiutarci. Entrambi Messaggeri l'uno dell'altra.

Tutto questo tuo malessere non ti sminuisce ai miei occhi. Sai, anche le emozioni che non palesi io le percepisco. Non accade solo con te.

Queste sensazioni le sento dentro di me, attraverso le tue parole scritte e non scritte che, dentro di me, acquistano un significato e si traducono in un pensiero completo. Ho timore anche di scriverti questo, il timore di non essere compresa c'è sempre, il timore che tu ti senta violato intimamente anche se non è questa la mia intenzione.

Io ho compassione delle emozioni e delle sofferenze che sento e riconosco negli altri perché sono, o lo sono state, anche le mie e quindi comprendo e amo la persona che le sta vivendo. È un'empatia, una forma di solidarietà verso il mio prossimo.

Ora ti abbraccio, un abbraccio di pace e di serenità.

Giulia

----

da: Lupo Solitario"

Mia cara Giulia

come sempre le tue parole hanno la capacità di rincuorare il mio spirito, qualche volta triste.

Ti prometto che riuscirò a manifestarti, in seguito, i miei pensieri. Sappi Giulia cara che sei tra pochissime persone a conoscerle. E sono veramente poche quelle con le quali sono riuscito ad aprire sino in fondo il mio cuore. Ti prometto che riuscirò a sfogare i miei malesseri interiori, così come le mie delusioni.

Lo farò perché voglio tornare ad essere solare e sorridente, così come la parte migliore del mio cuore mi detta. Anche perché sei tu ad ispirarmi.

Ti parlerò

Ti parlerò del profumo penetrante dei fiori di campo che sento sottilmente mentre ti parlo..

Ti parlerò delle dolci armonie che odo mentre ti penso e di quanto il mio cuore sia gioioso nell'essere consapevole che esistono persone meravigliose come te.. e di quanto io sia privilegiato ad essere tuo amico.

Ti parlerò di una bella giornata di primavera profumata e solare che vedrà finalmente la fine di ogni discordia tra le genti.

Ti parlerò del diradarsi delle nebbie e delle tempeste che lasciano passare finalmente i raggi caldi del sole pronti a scaldare i cuori freddi e aridi.

Ti parlerò soprattutto di tanti e tanti bimbi festosi che mano nella mano intonano quell'intramontabile "GIRO GIRO TONDO.." E RIFLESSO NEI LORO OCCHI, noi adulti leggeremo il segno della nostra vittoria, la nostra vittoria, Giulia.

Ti parlerò della nostra vittoria sul male, come il migliore dei guerrieri della Luce sa fare, un guerriero di pace.

Sì, Giulia, ti parlerò del potere immenso della preghiera, preghiera come pensiero d'amore. E tu sai che non vi è nulla nell'Universo di più potente e meraviglioso dell'AMORE.

Fosti tu a parlarmene Giulia, ricordi?

Quindi ora ti parlerò solo d'amore.

Cercherò di farlo insieme a tutti gli uomini e donne di buona volontà che riuscirò a trovare nel mio cammino. E tutti assieme lanceremo il nostro potente dardo luminescente di PACE. Ed il nostro sarà mille volte più luminoso di ogni altro pensiero negativo.

Ti parlerò, in fine, di un bellissimo sogno…

Ti stringo forte forte..

Paolo

PAURA D'AMARE

----

da: “Ciliegio”

Caro Paolo

lo sai che è un anno che ci stiamo scrivendo. Ho stampato tutti i nostri messaggi e li ho raccolti in una cartellina, non so quanti sono, ma sono tanti.

Sai, per questo “anniversario” vorrei farmi un regalo, quello di parlare con te. Ti allego il mio numero di cellulare.

Un grande abbraccio

Giulia

----

da: “Lupo Solitario”

Ciao Giulia, felice anniversario, felice anniversario anima gentile.

Per la precisione ho contato più di 200 lettere tra le mie e le tue. Più di duecento “scambi d’amore”, oserei dire, più di duecento momenti di profonda riflessione animica, più di duecento momenti di commozione e di gioia.

Quante parole affettuose ci siamo scambiati Giulia!

E quante carezze date all’anima, quanti racconti in diretta ci siamo regalati. Sai, penso proprio che ne avevamo bisogno, ne sentivamo la necessità.

Sì, la necessità, sia io che te e forse chissà le nostre preghiere sono state raccolte. Abbiamo avuto modo di CONDIVIDERCI con chi, come noi, pregava e prega per lo stesso motivo. Da una parte io, uomo con il cuore blindato, e dall’altra tu, dolce Angelo forse incompreso.

Che strano assortimento vero, tesoro?

Sì, Giulia cara, non mi tratterrò dal manifestarti ancora i miei stati d’animo, non sarebbe giusto, non sarebbe giusto relazionarci altrimenti. Ma sai, a mio modo volevo proteggerti.. proteggerti da me.

Ora capisco che tutto ciò era sciocco pensarlo e che il nostro rapporto è bello e costruttivo proprio perché finalmente siamo riusciti ad aprire il nostro cuore.

Che bella sorpresa è stata per me, Giulia cara, scoprire che sotto la coltre di pietra dimora un cuore, oggi capace di infuocare una pianura e risplendere al sole come tanti altri cuori pulsanti. Un cuore, però, ancora troppo delicato che può bastare un soffio di vento a fargli perdere i petali, come ad un fiore.

È così che in questo momento sento il mio cuore Giulia, che per troppo tempo è rimasto nell'oscurità e si è privato della luce e ha ripreso i suoi bisogni. Ma questo cuore ha voglia di crescere di fortificarsi. Forse ha ancora tanto bisogno di parlare di comunicare.

Ci ho riflettuto su questo mio ultimo cammino e ammetto che molto lo devo a te, a questo nostro modo di comunicare, certo molto particolare, ma che non ci ha precluso le porte di un forte sentimento che proviamo l'uno per l'altra. Vero Giulia?

Mi ricordo quando tu non hai voluto scambiare le nostre foto. Allora pensavo fosse importante visualizzarci fisicamente e subito non capii questo tuo rifiuto del condividere le nostre immagini. Ora tutto è chiaro, grazie a te.

Penso che tante emozioni e tante parole d'affetto devono transitare prima che si fortifichi un'amicizia, una conoscenza.

…

Non avere timore, le tue parole sono per me sempre comprensibili. Lo sono sempre state, e mi è quasi naturale comprenderti anche tra le righe; sappi che non hai bisogno di farti un regalo parlando "direttamente" con me.

Di regali ce ne siamo scambiati sino ad ora più di 200 e tanti altri, mi auguro.. anzi ne sono certo, ce ne scambieremo ancora. Penso che un giorno, non troppo lontano, arriverà una chiamata da un certo Paolo, un uomo dal cuore finalmente robusto che ti dirà: “Ciao Giulia, come va?” E tu riconoscerai immediatamente la mia voce. Ed io riconoscerò la tua, avendo la sensazione di esserci conosciuti da sempre. Questo è il mio messaggio d’affetto per te Giulia. Spero con tutta l’anima che tu lo raccolga.

Buon anniversario tesoro.

Paolo

----

da: “Ciliegio”

Caro Paolo non ho voluto scambiare le nostre foto perché la nostra conversazione sarebbe stata influenzata dalle immagini. Il nostro ego è un gran birbante e sentivo che questo non doveva accadere.

Nelle orecchie sentivo i ragionamenti classici di tanta gente: “questo cerca un’avventura” ecc. ecc. Ed io non volevo questo.

All’inizio non avevo realizzato che tutto questo dialogare, confidare, coccolarci sarebbe servito per riaprire i nostri cuori. Credo che, entrambi, non eravamo consapevoli del rapporto umano che stava maturando. Certamente il conoscerci è stato un dono del Cielo per le nostre preghiere.

...

Oggi, riflettendo, ho capito perché mi sconvolgo ogni volta con i tuoi scritti. Sì la parola sconvolgere è la più giusta che trovo e ora te ne faccio partecipe, scrivendoti come scrivessi nel mio diario, senza vergogna di mostrare quello che sento.

Non riuscivo a capire il perché di tanta emozione finché non mi è venuto in mente mio padre, la persona che di più ho amato al mondo. Mentre ti scrivo sto piangendo perché è questo l'effetto che ancora hanno le sue parole su di me: Giulia cara… tesoro… luce dei miei occhi.

Nessuno mi ha mai parlato con tanto affetto e tenerezza come tu mi parli, tranne lui in alcune lettere quando era lontano per lavoro e io gli scrivevo di nascosto della mamma. Lettere in cui il suo amore, il suo affetto per me, veniva espresso nella sua essenza spirituale con tante parole tenere e dolci. Io sto cercando di imparare di nuovo ad amare, ma la persona alla quale mi riesce più difficile far accettare l'amore degli altri è: me stessa.

Ora mi sto rasserenando. Parlare con te mi fa sempre bene.

…

Sai, adesso ho capito perché la cartellina che ho dei nostri messaggi è così pesante, sono davvero tanti. Quanto è bella quella foto dei papaveri che mi hai mandato.

A proposito… non proteggermi da te!

Credo anch'io che abbiamo ancora tanto da dirci. Se questo è il meglio per noi… che avvenga.

Ora ti saluto con un abbraccio

Giulia

----

da: "Lupo Solitario"

Cara Giulia amica del cuore. È grande l'emozione che provochi alla mia anima. Credimi, sono io a rimanere colpito dal tuo sfogo, tanto da rimanere senza fiato.

Giulia questa volta freno l'impulso di arricchire il comunicare con te con tutte le coccole che sento in animo di farti. Non so se è un bene o un male che io lo faccia, non vorrei dissacrare il giusto sentimento che tu provi per tuo padre che non c'è più, ma sappi che io vorrei tanto continuare a farlo. Ci rifletterò. Ti voglio tanto bene Giulia.. non finirò mai di dirtelo.

Dolce notte….Paolo

----

da: “Ciliegio”

Caro Paolo stai tranquillo.

Mi dispiace se ti ho provocato disagio nel paragonati a mio padre, ma forse non mi sono spiegata bene. È la tua dolcezza che mi confonde. Mi rendi consapevole di quanto ne ho bisogno ed è questo che mi turba. Io mi sento molto amata, coccolata da te e forse tu sei più coraggioso di me nell’esprimere i tuoi sentimenti.

Il nostro incontro tramite delle semplici e-mail ha cambiato la mia vita; non so quanto sia cambiata la tua. Tutte queste nuove consapevolezze del mio animo le paragono ad un nuovo RISVEGLIO. E questo, oggi, mi spaventa.

Con te ho riscoperto tante cose, compreso quello di avere un cuore ancora vivo e che sa battere.

Ti ho associato a mio padre perché solo tu, dopo di lui, mi hai fatto rivivere la sensazione dell’essere compresa ed amata. Non ci sono state, per me, tante parole dolci nella mia vita.

A volte penso che da lassù, quando devono farmi capire certe cose, non usano mezzi termini. Il mio cuore, non è lui che si è spezzato nel tempo, ma l’armatura che lo proteggeva ed ora mi sento così spaesata.

Riesci a comprendere anche ciò che… non dico… che non voglio dire? Perdona ancora il mio sfogo , se ti ha turbato.

Sono grata al Cielo che mi ha permesso, tramite i tuoi scritti, la tua amicizia, la tua dolcezza di essere confortata in questo periodo così difficile per la mia situazione familiare.

Ora, però, sento il bisogno di fermare questa nostra relazione epistolare. Vedi di comprendermi, se puoi. Se e quando lo vorrai ci sentiremo al telefono. Hai il mio numero.

Un abbraccio

Giulia

----

da:" Lupo Solitario"

Mi riconosco troppo umano in questo momento Giulia, tanto che effettivamente non riesco a capire come siano sorte tante incomprensioni in queste ultime mail.

Forse è per colpa mia certo, me ne assumo l'intera responsabilità. Ma se questo è quello che vuoi, concludere il nostro rapporto, io lo rispetterò.

Mi domandi se il nostro rapporto ha cambiato la mia vita? Lo credevo, almeno sino alla tua ultima mail. Una vita può cambiare, così come tornare al principio, in funzione dell'inspiegabile che , appunto, ci contraddice.

Ma questo, forse, è il gioco della vita.

Perdonami se non userò il tuo numero di telefono. Anche questo mi sembrerebbe, a questo punto, un'altra contraddizione… mi limiterò a pensarti.

Un abbraccio.

Paolo

P.S. qualche volta pensami anche tu

----

da: “Ciliegio”

Caro Paolo certo che ti penserò, ora e sempre.

Tu hai permesso l’apertura del Quarto Chakra del mio cuore e per me è quasi un miracolo.

Tu sei e rimani il mio dolce Angelo.

In questo momento, per me, è molto faticoso controllare questa grande energia d’Amore e, come dice la mia maestra, ci vuole un po’ di tempo per ritrovare l’equilibrio. So che quando mi sentirò sola, mi basterà leggere le tue mail per sentirmi meglio.

Forse ciò che dovevamo fare, incontrandoci, lo abbiamo fatto.

Perché mai dire mai, oppure per sempre non è sempre.
A volte, girando in tondo, le orme si possono rincontrare.
Ti voglio un gran bene.
Addio
Giulia

LE RIFLESSIONI DI GIULIA

Caro diario,

sono le 8,30. In questo momento sono a casa da sola. Tutti sono partiti e, nel silenzio, penso. Da quanto tempo, da quanti anni sto lavorando su di me?

Pochi minuti fa riflettevo, mentre scorrevo il sito di Susanna Garavaglia, alle lettere che scrivevo a Francesco quando era militare e a quando, tre anni dopo la nascita del nostro primo figlio, abbiamo passato un brutto periodo e di quanto io sono stata male perché mi sentivo sola, trascurata perché lui era tutto preso dal lavoro, dalla carriera.

Ho passato notti a leggere la Bibbia, seduta sul divano, cercando di trovare la motivazione per stare ancora con Francesco che, nonostante tutto, amavo tanto, ma dal quale non mi sentivo riamata con la stessa intensità.

Il mio malessere interiore era grande. Nella mia ricerca, una mattina, ho ripreso in mano quelle lettere che custodivo amorevolmente, avvolte in nastri rosa.

"In fondo Francesco è un gran lavoratore, abbi pazienza"

Nelle orecchie sentivo ancora queste parole di mio padre. Parole che mi davano la sensazione di essere "io" quella che sbagliava. In fondo non c'erano motivi veri per il mio disagio, forse era la mia mente che non funzionava bene.

Mi ricordo quando ho preso in mano la prima lettera e poi ho proseguito con le altre; leggendole ho avuto compassione di me, ho pianto tanto, poi le ho bruciate.

Non mi sono riconosciuta in quelle lettere.

Non ero io quella che elemosinava briciole d'amore, quella che cercava conforto per la tristezza e la nostalgia dovuti alla forzata lontananza. No!

Non ero io!

Dove era andata la bella e sensuale ragazza, sicura di sé. Apprezzata e corteggiata, con i ragazzi che facevano la fila sotto casa e mia madre che non capiva perché non mi fidanzavo, perché non me ne andava bene uno.

In quelle lettere c'era tutta la mia sofferenza, la mia disperazione, la mia solitudine, il mio bisogno d'amore perché mi mancavano gli abbracci, i baci, le carezze, i nostri momenti di intimità, di cui, fino a quel momento mi ero nutrita.

Ero troppo innamorata, troppo dipendente da lui; era tutto il mio mondo.

Poi è arrivato anche il secondo figlio e così ho proseguito nel mio matrimonio come il mio retaggio culturale dell'essere donna mi dettava.

Io casalinga, totalmente dipendente da mio marito, ho mandato giù situazioni che non accettavo. Del resto le mie ribellioni, le mie discussioni con Francesco non erano facili.

Sapeva farmi ragionare a suo favore, ma se persistevo con le mie motivazioni tirava fuori il suo lato maschilista da padre padrone e non c'era niente da fare. E poi, per fare la pace!. Ero sempre io che, meno orgogliosa, mi avvicinavo a lui. La sera, a letto, allungavo una mano e lui, come una piovra, poi mi abbracciava.

Del resto il suo retaggio culturale gli aveva fatto assumere il ruolo del "capo" di casa e guai a metterlo in discussione, perché tirava fuori tutta la sua rabbia con un tono di voce violento che non ammetteva repliche.

Ed io stavo zitta.

Poi, quando i figli sono diventati grandi, io sono cresciuta e ho iniziato a riprendere in mano le redini della mia vita. Comprendo Francesco quando, ad un certo punto, ha iniziato a vedere, con preoccupazione, il mio cambiamento caratteriale. Soprattutto dopo il mio incidente, 46 giorni a letto, immobilizzata, con un busto che non mi permetteva neanche di respirare molto. Giorni in cui mi sono messa a riflettere profondamente sulla mia vita. Un grave incidente che avrebbe potuto lasciarmi su di una sedia a rotelle. Ma così, fortunatamente, non è stato.

E quando mi sono rimessa in piedi e ristabilita, un giorno li ho informati del mio pensiero che: "...il Cielo mi aveva dato ancora un'opportunità e volevo coltivare i miei interessi, i miei hobby, avere più cura di me, del mio mondo interiore, per avere un rapporto migliore anche con loro".

Tutti gli schemi tradizionali, su cui era appoggiato il nostro matrimonio, stavano cambiando e Francesco, che non è stato mai un campione di "flessibilità", non riusciva a comprendere. Pensava solo che mi stava perdendo.

Ma non era vero!

Le spiegazioni sulle mie motivazioni interiori, la ricerca della spiritualità, il conoscersi meglio per risolvere i miei disagi psicologici, i miei malesseri, niente di tutto questo lo interessava.

La sua spiegazione era: "Tu fai tutto questo perché hai tempo e non hai problemi economici. Se fossi stata la moglie di un operaio non avresti avuto queste idee per la testa! Invece potresti curare di più la tua famiglia, la casa, i tuoi figli".

Così un bel giorno, a tavola, ho urlato alla mia famiglia: "Quando voi avete voluto cimentarvi in uno sport, un hobby o siete stati fuori casa per giorni, io vi ho sempre assecondato. Anche quando voi ragazzi avete praticato sport da combattimento e io, come mamma, non ero d'accordo, ho accettato, ho rispettato le vostre scelte. Ho detto: "ANDATE, PROVATE, perché solo così crescerete!

Ora, perché voi non fate la stessa cosa con me? Anche io ho bisogno di sperimentare me stessa. Quando voi ragazzi eravate piccoli non avevo tempo. Vi ho fatto da mamma, da autista, da guardia del corpo; il mio tempo era 24 ore su 24 dedicato a voi.

E tu Francesco? Hai potuto curare la tua carriera, stare giorni lontano da casa perché eri tranquillo, sapevi che c'ero io a vegliare sulla famiglia.

Adesso voi ragazzi state sempre meno in casa a volte non venite a pranzo ed io sento un vuoto dentro di me. Un giorno voi ve ne andrete, formerete la vostra famiglia. Ed io? Oggi io sento il bisogno di riempire questo vuoto con i miei interessi, per sentire meno la solitudine. VOGLIO il mio spazio". Non descrivo cosa è successo. Meglio non ricordare.

Questa era ed è la mia grande sfida. Voglio darmi una opportunità per vivere la seconda parte della mia vita creativamente, ricominciando a curare le cose che mi appassionano, che mi danno positività. Ma più di tutto voglio guarire i miei malesseri interiori dovuti ai miei compromessi relazionali.

...

Da tempo ho iniziato questa strada con Marta che è anche una psicoterapeuta e lei mi ha consigliato di scrivere i miei pensieri. Ho già riempito due diari e ho notato la differenza del mio scrivere di oggi con le famose lettere di allora. Ora scrivo con più consapevolezza ed autostima e mi piace ciò che scrivo e come lo scrivo.

Leggermi mi fa sentire meglio perché noto come sono migliorata. Anche i miei disturbi psicosomatici stanno scomparendo. È da tanto che non uso i miei medicinali contro l'ansia e le mie emicranie stanno scomparendo.

Ho iniziato ad amarmi, apprezzarmi anche nelle mie imperfezioni, amo i miei limiti, perché sono quelli che mi indicano la strada del lavoro da fare.

A volte "me la canto", come dice la mia amica Annamaria, cioè faccio finta di non capire, ma quando mi fanno riflettere, rifletto.

So meglio ciò che voglio o non voglio, anche se ho bisogno di fare "ancora" tanta chiarezza interiore. Sento forte il bisogno di "riappropriarmi" della mia forza, di ritrovare la consapevolezza che posso affrontare la vita, fare le mie scelte, da sola.

Con Marta mi sembra di frequentare una scuola. So che ho bisogno di partire dalle basi, che ho bisogno di conoscere nuovi compagni di viaggio, per crescere insieme, acquisire sicurezza per poi sperimentarmi da sola.

Chiedo troppo?

Affido all'Universo e al mio amato Angelo custode il compito di aiutarmi a risolvere questo desiderio.

Caro diario

sono passati alcuni giorni dal mio addio a Paolo. Questo mio distacco mi fa sentire così sola e fragile. Oltre il mio cuore io stessa mi sento spezzata in due e reggere queste forti emozioni è doloroso anche fisicamente. Ma so che ho fatto la scelta migliore anche se questo addio è simile a una fuga da emozioni che non so gestire.

Ciò che ho vissuto con Paolo è stato solo un sogno, niente di reale, di concreto, un modo che i Maestri celesti hanno usato per farci incontrare e così sanare le nostre ferite affettive. Uno stratagemma per risvegliare il mio cuore e il suo. Cuori che hanno sofferto tanto e si erano chiusi dentro armature di cemento e che avevano bisogno di tanta comprensione e tenerezza per guarire e tornare alla vita, alle nostre famiglie, ai nostri cari che hanno bisogno di noi.

Anime Compagne che, forse, in questa vita non erano destinate ad incontrarsi.

Caro diario

Mi sento sola, ho bisogno d'amore, di coccole e di carezze, di parlare con qualcuno che mi comprenda.

Ho lo stomaco a pezzi. È necessario che affronti le mie paure, per capire, per guarire.

LA SCELTA

La scelta è Mia

Scelgo di vivere per scelta, e non per caso.
Scelgo di fare dei cambiamenti, anziché
avere delle scuse.
Scelgo di essere motivato, non manipolato.
Scelgo di essere utile, non usato.
Scelgo l'autostima, non l'autocommiserazione.
Scelgo di eccellere, non di competere.
Scelgo di ascoltare la voce interiore, e non
L'opinione casuale della gente.
La Scelta è mia e scelgo di arrendermi
al volere della mente Divina, poiché
nell'arrendermi, sono vittorioso.

Eileen Caddy

----

da:” Ciliegio”

Caro Paolo
È tanto che non ci sentiamo.
Come stai? Mi manchi..
Giulia

----

da: “Lupo Solitario”

Quello che sento di dirti, che per certo ho maturato attraverso le esperienze della mia vita è che è inutile.. inutile fuggire da noi stessi. Questo non porta a niente e lo sai.

È come una strada senza uscita che lascia dietro di noi solo degli insoluti che si ripercuotono in maniera quasi ossessiva, sempre di più, disturbando il nostro vivere.

Non aver paura di esternare i tuoi sentimenti, le tue sensazioni, anche le più recondite e indicibili, le più inconfessabili, quelle che tormentano sia il corpo, che la mente, che l'anima. Liberale senza timore.

Ti prometto che faranno parte del nostro segreto.

Sarò, se vuoi, discreto custode delle tue sensazioni profonde e tu lo sarai per me. Se vorrai, potrai decidere in seguito di chiudere con me. Ma ora liberati e così facendo vivi ancora gioiosamente e senza turbamenti la nostra amicizia. Che male c'è se ci intrighiamo un poco con il nostro dire, perché censurare lo spirito.

Spogliati dei tuoi veli, lasciali cadere a terra e lasciati ammirare in tutta la tua bellezza. Voglio ancora ammirare la tua anima. Ma non voglio, per contro, forzarti Giulia. Questo è importante che tu lo sappia. Mi manchi anche tu, e anche questo è giusto che tu lo sappia.

Ora sei consapevole che il tuo cuore sa battere ed aprirsi ancora. Non permettere che si chiuda di nuovo.

Lasciati coccolare ancora.

Paolo

P.S. Aspetto tue notizie. Se lo vorrai...

----

da:" Ciliegio"

Caro Paolo

dopo tanti giorni di riflessione ho deciso di "non fuggire". Sento che la nostra missione di Messaggeri l'uno dell'altra non è ancora finita.

Ma.. questo risveglio del cuore che ho avuto, a seguito del relazionarmi con te, mi fa sentire molto vulnerabile. In passato, aprire il mio cuore, il mio sentire, mi ha solo dato tanta sofferenza e l'istinto di proteggermi da questo, da te, è forte.

Mi manchi..

Ho ancora bisogno di ascoltare le tue parole di conforto che mi fanno sentire bene, che mi fanno sentire di essere accolta, accettata, compresa. Viva!

Per ora, riesco a dirti solo questo.

A presto

Giulia

www.ingramcontent.com/pod-product-compliance
Ingram Content Group UK Ltd.
Pitfield, Milton Keynes, MK11 3LW, UK
UKHW020238250726
13967UKWH00001B/444